恥ずかしながら、詩歌が好きです

近現代詩を味わい、学ぶ

長山靖生

光文社新書

はじめに

おじさんの主張（弁解的に、自覚的に）

今どき「詩歌が好きです」と告白するのはかなり恥ずかしい。勇気がいります。殊《こと》におじさんにとってはハードルが高く、カミングアウトに近い。下手をすると明日から社会生活に支障をきたす――ような気すらします。まして「立原道造が好き」などと言おうものなら、十中八九、相手は引きます。引かないとしたら、その人は立原を読んでいないのです。

あんまり言うと、詩を書いている友達に怒られそうなのでアレですが、プロの詩人は仕事だからいいのです。胸を張って「詩人の〇〇です」と言えばいいし、詩のことばかり考えていてかまわない。むしろそうすべきだ。でも私は詩人でないばかりか、専門の詩歌研究者ですらありません。

若者だったらまだいいんです。詩を読む若者は素敵だ――という需要も、昔ほどではないにしても、今でもあるでしょう。だいたいバンドやラップは〝詩人〟の一種です。マンドリンも可。それに近頃では文豪がブームらしい。

ここ数年来、文豪の隠れた名作を集めてアンソロジーを編んだりしているのですが、書評に「時ならぬ文豪ブームで……」と書いていただき、世事に疎《うと》いので若い友人に聞いたら「文豪ナントカ」というマンガがあるそうで（どうやら二種類あるらしい。もっとあるのかもしれない。謎だ）、ネット検索したら写真で見覚えのある作家像とは似ても似つかぬイケメン・キャラが出てきました。さらに数年前、帝国海軍のことを調べる必要があって検索したら、アニメ絵の美少女が出て来た時以来の衝撃でした。

「本物の佐藤春夫のほうが鼻が高いぞ」とか「なんで泉鏡花が女なんだ」とか、もうちょっとは本物の面影を入れて欲しいと思ったりもしますが、それでも文豪が関心を持たれるのはいいことで、お陰で各文豪の作品もそこそこ読まれているらしい。めでたいことです（しかしアニメ絵の文庫が増えたので、おじさんが買うには辛《つら》い世の中）。

一方、退職後のリタイア組なら、「仕事が忙しくて読めなかったけれど、若い頃好きだったあの本をもう一度……」というのもよくあることで、各種カルチャーセンターや市民講座の文学講座の類《たぐい》には、高齢者が熱心に通っています。たしかに漢詩や叙景短歌なら、まさに老境に相応《ふさわ》しい渋い趣味として、周囲も納得するでしょう。

でも、一応は現役世代であるおじさんとなると、どうにも恥ずかしい。だいたい各種文学講座も、たいていは土日ではなくて平日の昼間にあったりして、「文学」「詩歌」は行政もカルチャーセンターも高齢者の生涯学習用と考えている節があります。だからそういうところに行きたいと口にすると、「もう引退ですか」とか「窓際ですか」とか、そういう言葉が耳に入ってきます。面と向かって言う人はいませんが、相手が呑《の》み込んだ心の声が聞こえます。しかも私の場合、それはそれで否定し難いことでもあるのがまことに辛い。暇な時は、なぜだか窓の外を眺めてしまうんですよね。

いや、だがしかし。何かにつけてそういう悲哀を感じているからこそ、おじさんの心にも詩歌が沁《し》みるのかもしれません。若い頃の気持ちもまだそれなりに残っていて、老境といえるところまでたどり着けるかどうかも危うく、しかし確実に老いが身を侵《おか》しつつある歳頃だからこそ、若々しい詩も達観した歌も、共にわがこととして胸に沁《し》みるのではないか、とも思います。

近代詩はだいたいセカイ系で中二病

それにしてもなぜ詩歌は恥ずかしいのか。近代詩はだいたいセカイ系です。あるいは中二病（これらの言葉は、今も使われていますか？　若者言葉がおじさんに届くには時間がかかります。たぶん何光年かの距離があるのでしょう。もし今は別の言葉に置き換わっているなら、編集部宛にお知らせ下さい）。

君と僕がセカイのすべてであり、二人にセカイの命運がかかっている（ような気がする）。現実世界で戦争が起き、世の閉塞感が極まって変革・革命への願望が高まったとする。すると、詩人は自分自身が巻き込まれればもちろんのこと、関わらずにいることもできるのに、意外にも率先してそうした世の大乱に感応して身を乗り出し、詩の中で戦います。誰よりも威勢よく、誰よりも高潔に、ただし机から離れることなしに。

それでも、いやだからこそ、詩は、とても悲しい。心のなかではセカイの命運を握り、万能的に真理や歴史や永遠とコミットしているのに、なんだか世間から疎外されている。浮世離れしている。はっきりいえば余計者。でも、五十年、百年と経ってみれば詩人たちの言葉だけが、後世の人々の知る現実と成り代わるのです。

たとえば大正ロマンを、私たちは竹久夢二の絵や、北原白秋、萩原朔太郎の詩を通して理解します。昭和モダンなら古賀春江の絵であり、三好達治や安西冬衛《ふゆえ》の詩でしょう(異論は認めない。「あの人も」の追加は大歓迎です)。

「詩では食えない」という問題

かくも詩は世界を作り、時代を作り、しかし同時代の現実ではあまり役に立っていない。だからお金にならない。読む方はもちろんですが、書く方もです。ぜんぜんならないわけではありませんが、それだけで生活するには苦しい。たぶん日本史上、詩歌の原稿料だけで生活できた人は数えるほどしかいなかったのではないかと思います。北原白秋も中原中也も立原道造も、第一詩集は自費出版でした。

僕は文明をかなしんだ
詩人がどんなに詩人でも　未だに食わねば生きられないほどの
それは非文化的な文明だった
(山之口貘《やまのぐちばく》「鼻のある結論」)

だから詩人は、時に小説家に転ずることになります。もちろん小説でなければ表現できないものもあるし、そうした作品を書きたくなったというのもあるのでしょうが、小説だと原稿料で生活できるというのも、大きな魅力でした。佐藤春夫も室生犀星も、堀辰雄だって詩で出発しました（堀辰雄「詩人」問題は本文で）。石川啄木や中原中也や立原道造も、実は小説も書こうと努めていました。文筆で生きるためにも、小説家になる必要を感じていたのです。

かくも詩は、食うことに縁遠い。それでも詩を作る人は絶えずいて、啄木も中也も立原も短い人生の最期まで詩人であり歌人であり続けました。そうやって、食うためではなくて生きるために詩を作り続ける人がいて、彼らは詩歌では食えなかったかもしれないが、ちゃんと百年経っても読まれている人もおり、だから彼らは今も詩人と呼ばれているのです。絵で食えなかったゴッホが画家であるように、彼らは本物の詩人でした。この不幸も〈詩と音楽とは貴族（心霊上の）の遊戯〉（萩原朔太郎「異端信條」）なのだと思えば、金にならなくても諦めはつくのかもしれません。

詩人が教えてくれること

でも詩歌は役に立ちます。詩人の言葉は「季節の味わい方」はもちろん、「本当の自分の気持ち」も教えてくれます。詩や小説を読んでいて、「分かる、分かる」という気持ちになることがありますが、でもその気持ちは、詩を読むことではじめてちゃんと意識できた。詩歌は「自分」を教えてくれる。その奇跡を謙虚に受け止める必要があるでしょう。

ただ寒いだけの冬の通学路や、暑いだけの夏の日射しが、詩人の言葉を通して美しい季節に変わった覚えはないでしょうか。だいたい異性を好きだという気持ちも、詩人の言葉で把握した人も少なくないはずです（歌詞を含めれば、これは今も変わらないと思います）。

詩人の言葉には、人生の喜びや悲しみが凝縮され、昇華して表現されています。さらには食べたり飲んだりという毎日の暮らしもまた過剰な情感を以《もっ》て描かれています（それにしても、よく喰いよく飲むなあ）。

どんなに美しく、また観念的、象徴的であっても、近代詩歌は基本的には詩人の実人生を反映しています。選び抜かれた言葉の襞《ひだ》のあいだには、折りたたまれた人生の苦悩がぎっしり詰まっている。美しい詩を作った詩人の人生にも戦いや嫉妬や憎悪があり、友情や裏切りがある。狂気や不安が迸《ほとばし》る詩の背景に、彼を支えた師友がいたりする。また共感力が異常に高い詩歌人は、戦争や革命や事件といった社会の出来事に感応し、陶酔的な作品を作ってしまう。そして知人が亡くなると、家族が引くくらいに嘆き悲しみ落ち込んで哀感のこもった詩歌を捧げる。また無意識の底から掘り起こした恐い真実と向き合ってしまったりする。

近代詩歌の詩句、短歌を引きながら、生活のささやかな喜び、友情や師弟愛、恋に失恋、夫婦愛やすきま風……そして永遠の別れについて、彼らの実人生と共にしみじみと味わっていきたい。

本書では詩歌をたくさん引用しています。詩は長さの関係もあって、抄録にとどまっているものも多いですが、本書の引用を通して、まだ読んでいなかった作品に出合い、「自分だけの作品」を見つけてもらえたら、これに勝る喜びはありません。一篇気に入ったら、その人の詩集を一冊読んでみて下さい（本書では原則的に引用文は新字旧カナとし、適宜、新カナでルビを付けました。本格志向の方、ごめんなさい）。本書に出て来る詩人たちは、もうみんな死んでいるので、いまさら本を買ってもらっても、御本人の懐《ふところ》は潤いません。すみません。でもお気に入りの詩の本を手許《てもと》に置けば、あなたの人生はきっと潤います。

恥ずかしながら、詩歌が好きです

目次

――山村暮鳥／人道主義者の怪奇趣味――千家元麿／理知的な怪奇ミステリ散文詩――三好達治／七五調から無韻詩、散文詩へ――朔太郎と三好の師弟対決／「赤城の子守唄」だけじゃない佐藤惣之助／「科学の抒情」は新体詩の始めから／宮沢賢治の宇宙論、安西冬衛の地政学

第八章　抒情派の季節、あるいはロマネスクすぎる詩人たち

――中原中也、立原道造、堀辰雄――

抒情派はいつも五月／感情ダダ洩れ――中原中也／立原道造――秩序と清純の格調、あまりに清らかな恋／運命の師弟――立原道造と堀辰雄／堀辰雄を「詩人」と呼ぶ立原道造／立原の焦燥と、「盛岡行き」の傷跡／死後も続く師弟愛、もしくはプラトニックな三角関係／中原中也は大人だ（ろうか）／永遠を胸に抱いて「さよなら」

第一章　大食いは師友の絆——正岡子規、伊藤左千夫、長塚節

柿を見たら「食う」という感性の、どこが素晴らしいのか

正岡子規には食べ物に因《ちな》んだ短歌や俳句がたくさんあります。子規というとたいていの人が最初に思い出すのは〈柿くへば鐘が鳴るなり法隆寺〉だと思います。侘《わ》び寂《さ》びた斑鳩《いかるが》の景色のなかに赤い柿の色が映える句ですが、色味だけのことでいえば木になっている柿でもよいのに、食べているところが子規らしいです。これが北原白秋だと、食べません。白秋の詩集『邪宗門』の「晩秋」には〈空高き柿の上枝《ほずえ》を／実はひとつ赤く落ちたり。〉

とあり、「あかき木の実」には〈暗きこころのあさあけに、／あかき木《こ》の実《み》ぞほの見ゆる。〉というのがありますが、どちらも食べていません。白秋の柿は恋心ないしは情欲の象徴ですが、子規はただひたすら純粋に「食うもの」です。そこに子規の写生精神と個性があらわれているということですね。

子規はマンネリ化していた俳句の世界を刷新し、前近代の和歌を短歌へと転換するのに（こちらは専《もっぱ》ら歌論によって）大きく貢献しましたが、そういう人が作った句歌のどこが良いのかは「それ以前」と比較してみると見え易くなります。

日本では昔から人々が集まって句歌を詠んで披露しあう歌会や句会が盛んでした。結社などでは毎月集まってお題を決めて句歌を作る月並み句会などが行なわれていましたが、毎回季節感あるお題が出されるのがふつうでした。俳句には季語があり、俳句も和歌も結社ごとの作風傾向もあり、長年やっていると何となく似通《にかよ》った作品が多くなってきます。

月並みという言葉は、現代では平凡とかありきたりとか、良くない意味で使われがちですが、これは子規が月毎《つきごと》に定期的に開かれている句会などで詠まれる作品を「月並俳句」と呼び、批判したことに由来します（でも、平凡な仕事を無難にこなしていくことの大切さ、難しさもおじさんには分かります。無駄なようでも親睦会も大切だし。だいたい和歌や俳句は人付き合いの潤滑油として作られる方が多かったのです。そのようにして作られた作品自体が、しょせんは世間にありふれた景色や気持ちを「ふつう」に表した平凡な言葉でしかないのかもしれません。しかしひとりひとりにとっては、それが「自分だけのもの」です。初恋の思い出は誰にでもあり、自分のそれも世間によくあるようなものだと分かっていても、それはやはりかけがえのないものだというのと同じです。伴侶を失った際の悲しみも、多くの人が味わうにせよ、かけがえのない痛みです。季節の食べ物を楽しみにする気持ちも、絶景を見て美しいと思う気持ちも、他人が既に味わっているからといって「月並みだから」と避ける必要はないでしょう)。

そのうえ和歌でも俳句でも、昔に作られた作品を取り込んで改作する本歌取りが盛んで、まあオマージュの類なのですが、純然たる創作というより二次創作的なオタク臭漂うものの方が、むしろ好まれるというのが伝統でした。日本文化は昔からオタク的というか、原本があってそれを「写す／移す＝ずらす」のを楽しむ傾向があります。江戸時代の歌舞伎は室町時代の能に出典を求めつつエンタメ度を高め、その能は王朝和歌や『源氏物語』『平家物語』を典拠とした二次創作である……というようなものですね。

子規は和歌や俳句の近代化を目指すにあたって、まずそうしたオタク的態度を減じ（全面否定はしません。子規も仲間の内輪ネタは嫌いではありませんでした）、とりあえず二次創作よりも独創を重んじました。子規が唱えた写生というのは、知識を通してではなく自分自身の目で対象を見据え、また自分自身を見つめて作品を作るという態度を重んじるものでした。だから子規の句歌には、自身の好みや生活の細部を切り取った個性があります。そのひとつが食べ物への執着でした。

食べていれば機嫌のいい子規

子規は結核にかかって明治二八年に最初の大喀血をし、後年は脊椎カリエスも発症して病床に伏しましたが、元々は大食漢でした。子どもの頃は南瓜《かぼちゃ》や西瓜《すいか》が大好きで、学生時代には寄宿舎で菓子や焼き芋をたくさん買ってきては食べていたそうです。もちろん煎餅や蕎麦や饂飩《うどん》もよく食べました。牛肉鶏卵鶏肉も毎日食べたいほど好きでしたし（貧乏書生には、そして日本国自体が貧しかった時代には贅沢過ぎる要求でしたが）、ある時は饂飩を八杯食べて店主に呆れられ「正岡升《のぼる》鍋焼屋の訓誨を受く」（『筆まかせ』）るというありさまでした。そのほか、鰻、泥鰌《どじょう》鍋、刺身、牡蠣《かき》、魚全般も好きでしたし、漬物だけで大飯を食ったりもしました。さらにデザートでは枇杷《びわ》、杏《あんず》、橙《だいだい》、桃、葡萄、柿、梨、林檎、珍しかったパイナップルの缶詰、アイスクリームなども好みました。なかなかのハイカラ趣味です。饅頭、団子、羊羹《ようかん》から菓子パン、飲み物では牛乳、ココア、紅茶、烏龍茶も味わいました。

子規の食欲は病んでも衰えず、辛い痛みに耐える生活の中で、庭の草木の変化を眺めるの と、季節の恵みを食べるのを楽しみにしていました。

子規というと〈柿くへば鐘が鳴るなり法隆寺〉の句が有名だと先にも述べましたが、実際に大好物でしたし、随筆『くだもの』も書いていますし、「柿の歌」もあります。

柿の歌

世の人はさかしらをすと酒飲みぬあれは柿くひて猿にかも似る

愚庵《ぐあん》和尚より其庭《そのにわ》になりたる柿なりとて十五ばかりおくられけるに

御仏《みほとけ》にそなへし柿ののこれるをわれにぞたびし十まりいつゝ

籠にもりて柿おくりきぬ古里の高尾の楓《かえで》色づきにけん

柿の実のあまきもありぬ柿の実のしぶきもありぬしぶきぞうまき

おろかちふ庵のあるじのあれにたびし柿のうまさの忘らえなくに

あまりうまさに文書くことぞわすれつる心あるごとな思ひ吾師

渋柿の方がうまいというのは、酒漬けにして渋を抜いた段階で食べているのか、干し柿にしてから食べているのでしょうか。たぶん酒に漬けて渋抜きをし、干し柿にするためにつるしてあるのを、まだ酒気が残っているところで食べていたのではないかと思います。これらの歌にはそんな軽い酔気が漂っています。

だいたい大食漢の子規が、おとなしく干し柿が出来るのを待っているとは思えません。『吾輩は猫である』では理学士の水島寒月君が、中学時代に学校を休んで家にいた時、軒にぶら下がっている干し柿ならぬ干している柿をひとつ食べては寝、また起き出してはひとつ食べ……という場面がありましたが、子規もそんな感じがします。

子規の「柿くへば」は、友人で俳句では弟子のような立場にある夏目漱石の〈鐘つけば銀杏ちるなり建長寺〉への返句にもなっているのですが、漱石の方はちょっと気どりがありますね。やはり俳句では子規の方が一枚上手です。あとで書くかもしれませんが、漱石の詩や句は、気取りがあるか、諧謔《かいぎやく》がすぎて下品になってしまう傾向がありました。気取らず卑《ひ》下《げ》せず「実を写す」のは、簡単なようでいて実に難しい道です。

東大寺でも法隆寺でも柿を食う子規

ともかく子規はよく柿食う客です。旅先でもよく柿を食べました。

明治二八年、子規は関西を訪れていますが、奈良で泊まった宿には美しい仲居さんがいて、柿を出してくれました。彼女が傍《そば》に控えているうちに、鐘の音が聞こえてきたので「あれはどこの鐘か」と子規が尋ねると、「東大寺さんです」と答え、障子を開けてくれました。そこには大仏殿が間近く見えました。その距離感に、子規は感銘を受けたようです。

例の「柿くへば」は、この東大寺での出来事を、法隆寺に置き換えた作品だという人もいるのですが、それは違うのではないかと私は感じています。そうした技巧は写生を重んじた子規らしくありません。第一、この句には「法隆寺の茶店に憩ひて」という詞書《ことばがき》があり、〈焼栗のはねて驚く一人かな〉などの句とならんでいるのです。栗も食べたのかどうかは分かりませんが、臨場感がありますね。小さな店の軒先にかけて、景色を眺めながら柿を食い、その間近で店の人が栗を炒ている。そんなのどかな様子が浮かんできます。

実は私は、「法隆寺の茶店に憩ひて」という詞書を知らなかった頃（小学校か中学校で教科書に出て来た時）、子規は法隆寺に向かう道すがら、木になっている柿をもいで食べたのかと思っていました。そして（勝手に食べたのだろうか。泥棒ではないのか）とか、（林檎なら皮ごとでもいけるが、柿は剥《む》かないと不味《まず》いだろう。小刀を持っていたのか。だとすれば旅先での護身用か、まさか道々の食料調達を目論《もくろ》んでの確信的犯行か……）などと勝手に子規の「犯行」を想像してドキドキしたものでした。子規先生が無実で本当によかったです。

海鼠も河豚も――食のチャレンジャー子規

食いしん坊の子規は、いろいろなものを食べたようで、海鼠《なまこ》なども嫌いではありませんでした。句会の際の宴席に出た見慣れぬ酢の物を、門人が「これは何だろう」と首をひねっていると「海鼠ぞなもし」と松山弁で教えてくれたそうで、子規本人は美味《おい》しそうに食べていたといいます。

平鉢に氷つひたる海鼠かな　子規

とはいえ海鼠の見た目はなかなかグロテスクで神秘的。子規には〈混沌を仮に名づけて海鼠かな〉〈天地《あめつち》を我か産み顔の海鼠かな〉という句もあり、後者は『古事記』冒頭を思わせる一方、進化論的でもあります。海鼠は原生生物に近く、人類よりよほど古い形態を保った遠祖遠宗であり、天地の始めに高天原《たかまがはら》に生《な》った天之御中主神《あめのみなかぬし》に海鼠の影はありませんが、伊邪《いざ》那岐《なぎ》・伊邪那美《いざなみ》が最初に生んだ蛭子《ひるこ》には、このイメージがあるかもしれません。蛭子は身体宜《よろ》しからぬとの伝承がありますが、中世には福の神である恵比寿様との同一視が進みました。

そういえば夏目漱石は、長女筆子が生まれた際、〈安々《やすやす》と海鼠の如き子を生めり〉という句を作っており、これだけ読むと女の子に海鼠とは失礼なと思いますが、子規の句の本歌取りだと気づくと、我が子の誕生を天地開闢《かいびゃく》の如く喜ぶ父の姿が浮かんできます。照れているのですね。また「安々と」という表現も、別に妻の苦労を軽視したわけではなく、逆にそれまで鏡子夫人が何度か流産していたことを踏まえており、今度は苦しまずに産めたことへの安堵といたわりが込められています。ただし、こういう男の照れが、奥さんや娘さんに通じたかどうかは、定かではありません。明治の男は愛情表現が下手なのです。

ちなみに夏目漱石はI love youを「我、汝を愛す」と訳した学生に「そんな日本語はない。月がきれいですね、とでもしておけ」と言ったという伝説がありますが、そもそもこんなセリフが言えるのは男女が二人きりで月夜の晩に歩いているのが前提です。明治二〇、三〇年代にそのシチュエーションになっている男女は、それだけで好き同士なのは明白で「風がそよいでいますね」でも「寒くありませんか」でも「暑くありませんか」でも、何を言っても愛の告白なのです。そしてもちろん、何も言えずに黙っていても。

さて海鼠ですが、漱石のほうは食べたのかというと『吾輩は猫である』には〈始めて海鼠を食い出《いだ》せる人は其《その》胆力に於て敬すべく、始めて河豚《ふぐ》を喫《きつ》せる漢《おとこ》は其勇気に於て重んずべし。海鼠を食《くら》えるものは親鸞《しんらん》の再来にして、河豚を喫せるものは日蓮の分身なり。苦沙弥《くしゃみ》先生の如きに至っては只干瓢《かんぴょう》の酢味噌《すみそ》を知るのみ〉とあり、子規ほどのチャレンジャーではなかったようです。

なお子規には〈海鼠黙《もだ》し河豚嘲《あざけ》る浮世かな〉〈河豚讒《さん》して鮭死す海鼠黙々たり〉といった句もあり、彼ら海生生物の佇《たたず》まいに、人間社会を諷するかのような意味性を見ていたようです。食べ物をつついていても天下国家が頭に浮かぶのも明治人らしいです。

食物とともに友を思う

歌人であり、俳句の改革者だった子規にとって、食は季節とともにありました。また伝統に関しても、否定しただけでなく、その本来の言葉の意味や実態を知らずに慣用化している態度を批判したのであって、きちんと語義を確かめ、その景色や行動や風習を実地に身をもって味わうことの大切さを説いています。月並みがいけないのは、自分で歩いてもいない景色の歌や句を詠んだり、今年はまだ花が咲いていないのに花を詠むといったような、現実よりも月々の約束事を優先するルーティンワークじみた態度が蔓延してしまったところでした。

随筆『墨汁一滴』には〈鮓《すし》の俳句をつくる人には訳も知らずに「鮓桶《すしおけ》」「鮓圧《すしお》す」などいふ人多し。昔の鮓は鮎鮓《あゆずし》などなりしならん。それは鮎を飯の中に入れ酢をかけたるを桶の中に入れておもしを置く。（中略）東海道を行く人は山北にて鮎の鮓売るを知りたらん、これらこそ夏の季に属すべき者なれ。今の普通の握り鮓ちらし鮓などはまことは雑《ぞう》なるべし〉とあります。果物はまさに季節を表し、歌句と心身と世間とを結ぶ潤いだったのでしょう。

甘いものも好きで、これは直接食べているわけではないのですが〈看板にあべかは餅と書きてあり旅人二人餅くふところ〉という歌もあります。旅人は弥次喜多でしょうか。これは絵を見て作った歌ですが、実際に食べたとなると〈うま人もけふのもちひを白がねのうつはに盛らずかしは葉に巻く〉〈ことほぎて贈る五日のかしはもち食ふもくはずも君がまにまに〉〈かしは葉の若葉の色をなつかしみこゝだくひけり腹ふくるゝに〉などがあります。だいぶ沢山食べたようですね。

子規は結核を患《わずら》っており、明治二八年には最初の大喀血を経験していました。そんな子規にとって「食」は生命賦活そのものでもあったでしょう。また知友が彼を気遣ってもてなしたり、季節の食材を送ってくれることは、病中の彼にとって大きな喜びでした。

秀眞《ほつま》を訪《おとな》ひし後秀眞におくる

牛を割《さ》き葱《ねぎ》を煮あつきもてなしを喜び居ると妻の君にいへ

我《わが》口を触れし器《うつわ》は湯をかけて灰すりつけてみがきたぶべし

「牛を割き」の力強さには、子規の生命への願望が感じられ、次歌で気遣われる病質の深刻さがいっそう悲しく思われます。病態によっては辛い日も多く、〈夕されば熱高まりぬ梨もかもかてほしからず牛の乳《ち》もいや〉という作もあります。

それでも概《おおむ》ね、子規の食欲は病んでも衰えず、辛い痛みに耐える生活の中で、庭の草木の変化を眺めるのと季節の恵みを口にするのを楽しみにしていました。そんななか、田舎暮らしの長塚節《たかし》が送る食材は、ひときわ嬉しいものだったようです。

下ふさのたかし来《きた》れりこれの子は蜂屋大柿《はちやおおがき》吾にくれし子

下総のたかしはよき子これの子は虫喰栗《むしくいぐり》をあれにくれし子

春ごとにたらの木の芽をおくりくる結城《ゆうき》のたかし吾は忘れず

子規は節を、その歌ではなく食材で覚えているのではないかと疑いたくなるほどですが、このように送られたものを一つ一つ思い出して感謝しながら、子規は節が地方から訪ねてきたことを喜んでいるのでした。

長塚節は結城に近い茨城県岡田郡国生《こつしよう》村の豪農の家に生まれました。〈茨城は狭野《さぬ》にはあれど国見嶺《くにみね》に登りて見れば稲田広国《いなだひろくに》〉（長塚節）。ちなみに節は結核を患い、若くして亡くなることになります。

視野を空想を広げて見せる病身の「透視写生」「心象写生」

子規には〈柿くふも今年ばかりと思ひけり〉という、ちょっと悲しい句もあります。〈足たゝば不尽《ふじ》の高嶺のいたゞきをいかづちなして踏み鳴らさましを〉には、病身の辛さを、気概で抑えている男の切なさ、歯ぎしりが聞こえてくるような悔しさが滲《にじ》んでいます。

しかし子規の想像は富士山程度で収まるものではありませんでした。


足たゝば黄河の水をかち渉《わた》り華山の蓮《はす》の花剪《そ》らましを

足たゝば北インヂヤのヒマラヤのエヴェレストなる雪くはましを

こうなるとほとんど、ＳＦかアドベンチャー小説みたいな領域です。骨を削られるような痛みに苦しみ、変形している自分の四肢を擦りながら、痛みが強い分だけ、ますます空想が飛躍し壮大になっていくところに、子規の意地が感じられます。

写生を重んじた子規ですが、彼の思想において、写生とは単に目に見えたものを写すだけというわけではありませんでした。子規は草花も好きでよく観察していましたが、遂には花を眺めながらその組織や生命にまで思いが行き、恰《あたか》も「見える」かのように観じるところに行きつきました。表層を極めて本質に至る――それが子規の「写生」でした。

子規は後身を育てるべく、以前から歌会や句会などを開き、添削などを厳しく丹念に施し、優れた作品を紹介していました。しかしこのスタイルだと、その対象が子規周辺に集う人々に限局されてしまうことになります。そこで明治三二年一二月から『日本』新聞紙上で詠題を決めて広く歌を募集し、翌月に発表するようになります。

最初は「新年雑詠」で、翌三三年一月に発表。それ以来、「森」「桜」「読平家物語」と月毎に続きます。この「新年雑詠」に応じたひとりが伊藤左千夫で、「森」では長塚節、「桜」では蕨真《けっしん》（蕨《わらび》真一郎）、安江秋水、豹軒《ひょうけん》（鈴木虎雄）らが登場しました。

軍記物語や歴史に材を取った「読平家物語」というお題は、写生の子規らしくないように思うかもしれませんが、子規にとって叙事歌もまた写生であり、そこでは物語の中の真美を見据えるまなざし、物語の中に描かれた歴史や歴史上の人物の真の姿を見通すまなざしを問いました。

この「読平家物語」に対して、長塚節は富士川から六代御前まで二三題七四首ほどを投じました。これに対して子規は、草稿中の一八首に○をつけたものの、さらに厳選して最終的には七首のみを『日本』紙上に採りました。

子規が最後に詠んだのは糸瓜《へちま》を詠んだ次の三句でした。

糸瓜咲いて痰のつまりし仏かな
痰一斗糸瓜の水も間にあはず
をとゝひのへつまの水も取らざりき

子規が亡くなったのは明治三五年九月一九日。子規の門人たちは命日を「糸瓜忌」として、毎年、追悼の会を持ち続けました。

長塚節——農村生活者の歌

正岡子規の死を知らされた長塚節は〈九月十九日、正岡先生の訃いたるこの日栗ひらひなどしてありければ〉として次の三首を詠んでいます。

年のはに栗はひりひてさゝげむと思ひし心すべもすべなさ
さゝぐべき栗のこゝたも掻きあつめ吾はせしかど人ぞいまさぬ
なにせむに今はひりはむ秋風に枝のみか栗ひたに落つれど

弟子にとっても、師に季節の味を贈ることは心の張りであり、愉しみだったのでしょう。喜んでもらえるかと思いながら栗拾いをしていたのに、もう贈りたかったあの人はいない。それでも翌日、長塚は根岸庵を訪ね、門人仲間と会い、静かに時を過ごしました。子規居士追悼の歌のなかから少し引いておくと、

二十日、根岸庵にいたる
うつそみにありける時にとりきけむ菅《すげ》の小蓑《こみの》は久しくありけり

二十三日、おくづきに詣でゝ
笥《け》にもりてたむくる水はなき人のうまらにきこす水にかもあらむ

廿五日、初七日にあたりふたゝびおくつきにまうでぬ、
寺のうら手より蜀黍《もろこし》のしげきがなかをかへるとて
吾心《あがこころ》いたも悲しもともずりの黍《きび》の秋風やむ時なしに
もろこしの穂ぬれ吹き越す秋風の淋しき野辺にまたかへり見む

十月九日、三七日にあたりぬ、はろかに思をはせてよみはべりける
いつしかも日はへにけるかまうで路のくまみにもゑ《え》し菜はつむまでに
青雲の棚引くなへに目《ま》かげさし振放《ふりさけ》見ればみやこはとほし

師を追慕する気持ちが溢れている一方で、そんな時も節の目には自然の景色や季節の移り変わりが、観念的抒情的なものとしてではなく、農作物の育ち具合という身体生活に密着し

たレベルで、しっかりと見えています。それが農民というものです。親が死んでも自分の体が辛くても、緑の色具合や気温天候が気になる。人間の些事《さじ》に関わりなく自然は勝手に移ろい、手を休めると作物が駄目になって生きられないのです。

農民――といっても長塚節自身は豪農の跡取りなので、自身で田畑を耕すことはあまりなかったと思います（時々はやっているし、県会議員だった父が留守がちだったこともあり、むしろ節の方が小作人の世話などには心を砕いていました）が、それでも田園の人である長塚節には、作物の出来具合は自他の生命そのものでした。だから作物に因んだ歌が数多くあります。彼にとって作物の成長や農作業が日常の風景であり、実生活そのものでした。だから同じように食材を詠んでいても、子規が〝食べる〟ものとしてそれを捉えていたのに対して、節の歌には〝作る〟〝育てる〟〝刈り取り、摘み取る〟話題が多い。消費者と生産者は同じものを見ても違うことを感じるのですね。

秋の野に豆曳《ひ》くあとにひきのこる莠《はぐさ》がなかのこほろぎの声

稲幹《いながら》につかねて掛けし胡麻のから打つべくなりぬ茶の木さく頃

芋の葉の霜にしをれしかたへにはさきてともしき黄菊《きぎく》一《ひと》うね

秋の田に水はたまれり然れども稲刈る跡に杉菜生ひたり

麦をまく日和《ひより》よろしみ野を行けば秋の雲雀《ひばる》のたまだまになく

長塚節はしばしば徒歩旅行をし、景色や季節を詠みましたが、遊び（生活のための仕事で出張しているわけではないという意味で）の旅でも、そのまなざしは人々の労働に向かいます。

安房の国や長き外浦《とうら》の山なみに黄めるものは麦にしあるらし

あたゝかき安房の外浦は麦刈ると枇杷もいろづくなべてはやけむ

布良《めら》の浜かち布刈る女《め》が水を出で妻木《つまぎ》何焚《た》く菜種殻《なたねがら》焚く

旅先での農村漁村の営みに向ける節のまなざしは、旅人のそれではなく生活者のそれであり、とても親し気です。都会人が物珍しく眺めているのとは違い、同じ農民仲間が「ああここではそういう風にやっているのか」みたいな感じですね。長塚節は体が頑健ではなく、肉体労働には向かなかったと思いますが、しかし農村で働くこと自体は嫌いではなかったようで、豪農であってもあくまで一農民として生きていました。その点は白樺派とは違います。

節にとって農村は「理想」ではなく「現実」、自然と共にあることは当たり前でした。その当たり前を当たり前として無意識に過ごすのではなく、意識して作品化していくところが農民歌人の真骨頂です。だから長塚節は、重労働をもプロレタリア文学みたいに苦にしませんし、白樺派みたいに尊いことだとか自慢したりもしません。淡々と働き、それを何となく「お陰様で」と思っています。

炭がまを焚きつけ居《お》れば赤き芽の柘榴《ざくろ》のうれに没日《いりひ》さし来も

芋植うと人の出で去れば独り居て炭焼く我に松雀《まつめ》しき鳴く

炭がまを夜見に行けば垣の外に迫れるが如蛙《ごとかわず》聞《きこ》え来

このような「炭焼き」の生活を、節は歌に詠み、小説にも書きました。盟友の伊藤左千夫は長歌「炭焼」を書き〈下ふさの、節《たかし》がふみに、ねもころに、告《つげ》らくを見れば、此頃は、吾は炭焼、ことはりの、進める竈《かま》は……〉と詠み、その大地に足を踏ん張った生活ぶりに関心を寄せせました。

牛を飼う歌人、伊藤左千夫

伊藤左千夫というと今では小説『野菊の墓』で知られているかもしれません（今、読まれてますか？　私が若かった時代だと山口百恵でテレビドラマ化、松田聖子で映画化されたりしました）が、長塚節と並ぶ子規の高弟でした。短歌変革を目指す根岸短歌会は、子規のもとに集まった岡麓《ふもと》、香取秀真《ほつま》、高浜虚子、河東碧梧桐《かわひがしへきごとう》らによって結成され、伊藤左千夫、長塚節も参加、ここから島木赤彦、斎藤茂吉、古泉千樫《こいずみちかし》、中村憲吉、土屋文明らが育ちました。

左千夫は牛飼いです。現在の錦糸町駅付近に牛舎を建てて乳牛を飼い、牛乳の製造販売を行なっていました。芥川龍之介の実家が牛乳の製造販売をしていたのはよく知られていますが、同業者ですね。ですから左千夫には牛飼いの労働歌があります。

乳牛の小舎《こや》の流しの井戸近み二《ふた》もと植《うえ》し木蓮の花

搾りたる乳飲ましむと吾来れば慕ひあがくもあはれ牛の兒《こ》

兒牛《こうし》らをませよ放てば尻尾立て庭を輪なりに忘《し》ばし飛ぶかも

長歌もあります。

乳売の、吾はすべなみ、朝乳を、二時に搾り、夕乳を、一時に搾り、牝牛《めうし》らを、つねいつくしみ、とりかくる、金櫛《かなぐし》毛櫛《けくし》、吾衣《あがころも》、毛臭《けくせ》くあらめ、貧しき左千夫、長塚節も伊藤左千夫も、働く人間としての真情が自然に描かれた歌が多いのですが、正直いうと若い頃はその良さが分かりませんでした。でも、今は分かる。仕事は辛く厳しくとも、淡々とこなすことに誇りもあれば喜びもある。仕事仲間は人ばかりとは限らず、動物も植物も道具機械もみな「仲間」であり、語りかけてくるかのようです。景色や季節の移り変わりも、作物や牛の発育具合に直結しており、単なる「眺め」ではありません。気温や湿度の微妙な変化にも神経を張っていなければ仕事が出来ず、そして神経を研ぎ澄ませてみると、本当に自然が語りかけてくる「声」を聴くことが出来るのです。

その一方で、左千夫は時事問題などにも敏感でした。日露戦争では、歌人や画家なども兵隊として出征したので〈八十国《やそくに》のつどへる中に萬須良雄《ますらお》の風流士《たわれお》ありと名をとゞろかせ〉（信濃の歌人篠原千洲〔中略〕送る）や〈絵《え》かけるみ手に太刀とりシベリアの雪山ゆくも大君のため〉（素明画伯の出征を送る）などがあり、基本的には〈大詔《おおみこと》かしこみもちて老幼家に残せどかへりみなくに〉〈焼太刀の鋭刃《とば》のさやけき名に負へる日の本つ国民こぞりたつ〉という戦勝祈願的態度でしたが、なにしろ知人が出征しているので〈大丈夫《だいじょうぶ》か思ひのきはみ事もせすわなに鷩《たお》れて如何に泣《な》けむ〉〈大丈夫か亜細亜萬里《あじあまんり》の国原を見さけふりさけ歌も湧かすや〉といった心配をにじませる歌もあります。

ロシアの軍港旅順口の閉塞作戦のために戦死した広瀬中佐（少佐でしたが死後に特進して中佐に）を詠んだ短歌にも、賞賛と哀惜の両様が見られます。

死せるもの乏しくもあらず然れども光世をおひて死せる君かも
萬丈光つゝめる荒《あら》み魂《たま》砕け飛びてゆ世にあらはれぬ
比牟《ひむ》かしの海ゆ星落ち天地《あめつち》に輝く光り放ちけるかも
砕けしゆいつのかゝやき天地にとほれる見れはたゞならぬ玉

「悼戦歌《とうせんか》」――戦没者を追悼する歌――という言葉があるかどうか知りませんが、私はこうした詩歌をそう呼びたいと思っています。もちろん単純な賞賛ではなく、戦いを厭《いと》う気持ちもあるけれども、厭戦《えんせん》というほどの批判性はない。必要悪としての戦争が起きる世情を受けとめた上で、戦死者を悼《いた》み、戦争が早く終わってほしいと願う気持ちが滲んでいる。これは人間として当然の情というものでしょう。今更ながら思われるのは、戦争なしに国益や国土の安寧を得る道筋はなかったものか。そんな迷いを持ちつつ戦争がある世の中を生きている自分でも、戦死者が犬死したとは言いたくない。だからこの戦いは必要だったのだと思いたい、そして勝ち戦《いくさ》であってほしい。そうでなければ死者も浮かばれまい……という思考も一方ではあり、そうやって「いい人たち」は戦争に巻き込まれていくのです。

戦地の兵隊さんの苦しみや出征者家族の悲痛に寄り添う「添戦歌《てんせんか》」というのもあります。

　出征同胞の苦熱を懐《おも》ふ
単衣《ひとえぎぬ》、ひとへも脱ぎ、戸を限り、戸をかきやり、敷妙《しきたえ》の、家の前後《さきと》を、日に八《や》たび、水をしまけと、あへぎある、熱き日頃を、諸越《もろこし》の、荒野荒山、踏みさくみ、夜昼《よもひも》寐《ねやず》す、露《あ》軍《だ》攻むる、吾同胞を、もへは悲しも。

物資が欠乏し、戦闘はもちろん、攻撃の止《や》んでいる束の間の時の生活自体が苦しい戦地の兵隊さんに対して、痛ましく申し訳ないという思いの込められている詩歌です。「申し訳ない」というのは、同胞が戦っている時に自分は内地で平穏な日常を暮らしているからで、この場合、内地での多少の物資不足や物価高は云々するのも申し訳ない。「今日もご飯がいただけるのは兵隊さんのお陰です」というのは、既に戦争が始まってしまった以上は人間的な素朴な情です。

人間の真情を描き出すのは詩歌の最も得意とするところ。どこの国でも、戦争が始まれば大多数の国民が自国の勝利を願い、殊更《ことさら》に勇ましく歌うのはそのためです。「戦争詩歌」については、章を改めてさらに取り上げたいと思います。

胃弱の大食い――夏目漱石

夏目漱石は子規と同年生まれで、学生時代に出会い、子規から俳句を学んでいます。漱石という号も子規が提示したものです。そういうわけで漱石は俳句を作りました。短歌も少々。そして明治の教養人らしく漢詩も作れば、英文学者らしく新体詩も作っています。ただし小説ほどはうまくありませんでした。それでも人柄はよく出ていて、それなりに面白いものがあります。

元日や歌を詠むべき顔ならず
　胃弱の腹に三椀の餅
火燵《こたつ》から覗く小路の静《しずか》にて
　瓶に活けたる梅も春なり

山妻《さんさい》の淡き浮世と思ふらん
　厨《くりや》の方で根深《ねぶか》切る音
専念にこんろ煽《あお》ぐは女《め》の童《わらべ》
　黄なもの溶けて鍋に珠《たま》ちる
じと鳴りて羊の肉の煙《けぶ》る門
　ダンテに似たる屑買《くずかい》が来る

右は明治三八年一月五日付井上微笑《びしょう》宛書簡に記された短歌（狂歌？）です。

漱石は子規と同じくらいの大食いで、特に甘いものが好きでした。胃病になった原因を、若い時からの大食いのせいだと考えていたくらいです。実際、修善寺の大患の直接の引き金となったのは、宿で一人になって妻の監視が無くなり、羽目を外して食べすぎたせいでした。

糖尿病も発症したため、晩年には食餌《しょくじ》療法を受けて食べ物を制限されましたが、好きな菓子類をやめられず、鏡子夫人はお菓子を隠すのに苦労したといいます。夏目家は子どもが多かったので、家に菓子類を全く置かないというわけにはいかず、漱石は家で原稿を書いているので、隠しても隠しても必ず見つけ出して勝手に食べてしまうという、なかなか困った性格でした。南京豆が大好きで、砂糖のついた南京豆を一袋買ってきて、机の脇に置いて一人でぼりぼり食べたりもしていました。

漱石が亡くなる直接のきっかけとなったのも食べすぎでした。精養軒で催された辰野隆の結婚披露宴に招かれた際、妻と席が離れていたのをいいことに料理を堪能してしまったのです。その日は何事もなかったのですが翌日に腹が痛くなり、昼間は絶食しました。それでも夜になると「何か食べたい」と言い出し、鏡子夫人がトーストを三枚用意すると「お前はずるい、こんなに薄くちゃいやだ」と駄々をこねて、もっと食べたがりました。「いけません」「なあに、死にやしない」とやり取りしながらトーストを食べましたが、間もなく吐いてしまい、そのまま病床に就いたのでした。

その後の衰弱はひどく、妻は医師と相談して、薬やアイスクリームや果物の汁などを、匙《さじ》で口に運びました。カンフルも打たれ、中村是公《ぜこう》や高浜虚子らが枕頭に詰めます。妻もいよいよ最期と覚悟してか、見舞い客との面談を許したのです。

戦前は男社会でしたが、それだけに学生時代からの無二の親友といった存在がいる場合、その絆は実の兄弟よりも強いくらい（自分の意志で選んだ義兄弟のようなものですから）で、片方が亡くなると生き残った方が親友の遺族のことをあれこれ世話するのはよくあることでした。

漱石の死後、中村是公は資産の運用や子どもの教育にも口を挟みます。善《よ》かれと思ってですが、鏡子夫人はある程度は是公を頼って彼に相談し、また時には反対を押し切って、大胆な株の運用などをして儲けたりしました。

余談ですが、森鷗外の場合、医学校予科で出会って以来の七歳年上の親友・賀古鶴所《かこつるど》が唯一無二の親友でした。何しろ鷗外自身の遺言状に〈少年ノ時ヨリ老死ニ至ルマデ一切秘密無ク交際シタル友〉〈唯一ノ友人〉と書かれている相手です。というか、この遺言状自体が長男の森於菟《おと》立会いのもと、賀古鶴所が鷗外の言葉を筆記したものでした。

鷗外の遺書は〈死ハ一切ヲ打チ切ル〉として生前のしがらみ一切との断絶を宣言し、〈石見人森林太郎トシテ死セント欲ス〉と述べていることで有名ですが、その「一切」から二つの関係だけは除外されていました。その一つは直系血族の血のつながりです。「石見人森林太郎」とは、つまり先祖の子孫としての自分を確認し、墓に彫る文字を指定しているのは自分と子どもたち、その子孫とのつながりは信じているからこそです。

そしてもう一つ、〈コレ唯一ノ友人ニ云ヒ残スモノニシテ何人ノ容喙《ようかい》ヲモ許サス〉と結んでいることからして、自分と賀古の友情は死後も変わらないことを確信していました。ちなみに鷗外の小説『ヰタ・セクスアリス』の古賀鵠介のモデルは賀古鶴所です。私はこの遺言状は、鷗外が最期に遺したロマンチックな詩だと思っています。鷗外を陸軍軍医に誘ったのも賀古で、その点では鷗外の人生を決定した人でした。山縣有朋の信認篤かった賀古は、文壇人嫌いの山縣を説得して歌会の席で鷗外を紹介し、一時出世コースから外されていた鷗外が軍医の最高峰・軍医総監に就くのを側面から援助してもいます。

死に際しての歌ではありませんが、軍医長時代に、大陸に渡る鷗外に、賀古が贈った歌に〈船出する宇品《うじな》の島も霞《かすみ》けり遥かに君を送るにやあらむ〉があり、これに対して鷗外は次の返歌を詠みました。

さらばさらば宇品島山なれもまた相見む時はしかにかあるべき

第二章　日清・日露の戦争詩——与謝野鉄幹、夏目漱石、森鷗外、大塚楠緒子、与謝野晶子、乃木希典

目的と詩歌——戦いの前に先ずは抒情を

散文が理論的思惟を表現するのに適しているとしたら、詩歌は高揚した感情を詠うのに適したジャンルです。明治初期に「詩」といったら漢詩を意味しましたが、明治の漢詩文といえば悲憤慷慨《ひふんこうがい》、つまり激情を詠うものでした。もちろん叙景抒情の詠嘆感動もたくさんありますが、それは伝統的な傾向で、明治ならではというと何らかの思想喧伝や叙事教育などの

目的をもって作ったものが目立ちます。目的というのは文明開化や自由民権の啓蒙宣伝ということです。国威発揚というのもありました。

維新以来、日本は西洋諸学を取り入れることに邁進するようになりますが、西洋式の近代詩の模倣もはじまります。開国に際して、外国使節や商人が日本に入ってくると、彼らによって行進曲や教会音楽、式典や夜会のための音楽がもたらされ、歌も入ってきました。明治維新後はキリスト教の布教がはじまりますが、その際、讃美歌（プロテスタント系）は主に七五調、聖歌（カトリック）では主に短歌調の三十一音で訳詞がつけられています。

また西洋式軍隊制度や学校制度が整えられていくのに伴い、軍歌や唱歌が作られます。外《と》山正一《やままさかず》の「抜刀隊」とか、近代詩はまず、軍歌や唱歌として一般に広められたわけですが、これも主に七五調や五五調でした。「蛍の光」や「蝶々」は明治一四年以来の小学校唱歌、「あおげば尊し」は明治一七年のそれです。「夏は来ぬ」は佐佐木信綱の短歌に基づく唱歌で、各番、短歌の三十一文字の後に「夏は来ぬ」の五音を足した構成になっています。

詩は本来、口誦《くちずさ》むもの、朗詠するものでした。だから歌われてもいいのですが、しかし唱歌や軍歌となると、音楽から独立していないという意味では、詩にとっては後退です。詩がそれ自体として、言葉だけで音律を保ちながら内容のある詩を作る――それが近代詩人たちの差し当たっての目標となりました。

やがて長歌の伝統や漢詩の朗詠などの格律も参照勘案され、近代詩への試みが本格化します。明治一五年には外山正一、矢田部良吉、井上哲次郎によって『新体詩抄』が編まれ、新体詩運動が盛んになりました。森鷗外の『於母影《おもかげ》』、北村透谷《とうこく》の『楚囚之詩《そしゅうのうた》』、島崎藤村の『若菜集』などは初期の優れた業績です。

『若菜集』に収められた「初恋」は、明治以降長く若者たちの愛唱するところとなり、それは昭和四〇年頃までも続きました。今でも秘かに暗唱している人はいるでしょう。気恥ずかしいから、あまり口にはしないでしょうけど。

まだあげ初《そ》めし前髪《まえがみ》の
林檎《りんご》のもとに見えしとき
前にさしたる花櫛《はなぐし》の
花ある君と思ひけり

やさしく白き手をのべて

林檎をわれにあたへしは
薄紅《うすくれない》の秋の実に
人こひ初《そ》めしはじめなり

わがこゝろなきためいきの
その髪の毛にかゝるとき
たのしき恋の盃《さかずき》を
君が情《なさけ》に酌《く》みしかな

林檎畑の樹《こ》の下に
おのづからなる細道《ほそみち》は
誰《た》が踏みそめしかたみぞと
問ひたまふこそこひしけれ

いやあ、恥ずかしいですね。恋心なんてものはだいたい人前に晒《さら》すものではなく、だから抒情というのは恥ずかしいのですが、「初恋」が恥ずかしいのはそれだけではありません。

これ、男の他力本願が恥ずかしいんです。

少年というものは、生意気な口を利いていても経験値に乏しく、実はヘタレです。男の願望は「どこかの美人が俺に告白してくれないかなあ」というもので、そんなことは現実には金輪際起きません。でも夢だの詩だのは、そんな起こり得ない非現実を描くものです。女《イヴ》から林檎をもらうのは、エデンの園以来、男《アダム》の願望であり、甘美なる背徳。

一方、女性の方はどうかというと、基本的に「いつか白馬に乗った王子様が迎えに来てくれる」と夢見ていて、こちらも他力本願。「そこまでは思ってないわよ」という女性でも「私ってそこそこかわいいでしょ」くらいは思っているので、まあつまり「男の方から寄って来なさいよ」というのは変わりません。これでは日本が少子化になるのも仕方ありません。

恋愛したくても、男女共に他力本願では、なかなか相手が見つからないのは当たり前。これが戦前だと、結婚は基本的に親が決めるものであり、見合いを世話する人もいました。むしろ当人が勝手に恋愛するのは「悪事」ですらあった。戦後も昭和四〇年代頃まではそうした遺風が残っていました。自分から行くのはカッコ悪い／はしたないというのは、そうした旧時代の価値観の延長と見ることもできます。

でもこれではいつまで経っても恋がはじまりません。そこで少女漫画の「出合い頭にぶつかって互いに意識し合うようになる」という突然・偶然・自然（？）な、ラブ・コメの王道なアレが生まれました（著者調べ）。ちなみに戦前から昭和三〇年頃までの少女小説で、女性の側から愛の告白をする際の台詞《せりふ》は「お兄さまとお呼びしてもよくって？」です。

このように恋愛のやり方やハードルは、時代によって変遷が見られますが、基本的には胸を熱くする感情であり、理知的ではなく情であるのは変わりません。「抒情」や「情緒」なんて言葉は、今の若い人は日常会話で使わないかもしれませんが、言葉はすたれても、抒情が持つ恥ずかしくも切実な胸の高鳴り自体は、今の若者にも無縁ではないでしょう。

言葉は変わるほどに豊かになる。前の語を忘れなければ

さらに土井晩翠《ばんすい》、横瀬夜雨《よこせやう》、伊良子清白《いらこせいはく》、また薄田泣菫《すすきだきゆうきん》、蒲原有明《かんばらありあけ》といった人たちが一九世紀末の日本詩壇を彩りました。

彼らの詩はいずれもロマンチックであり、形式も整ってきているし、叙事詩などへの試みもあって力強くもあるのですが、現代人からすると今ひとつ物足りない感じがするかもしれません。彼らの詩集を数冊続けて読んでみると、何となく語彙《ごい》に乏しく、語調も似通っているように感じるのです。大体が七五調なので、当然といえば当然ですが。

しかしこれは詩人たちの責任ではありません。そもそも当時の日本語は、現代に比べると使用されている語彙自体が少なかったのであり（まあ今も日本人は日常的には語彙に乏しく、だから逆にこなれていないカタカナ英語を使う人も多かったりするのですが）、むしろ学者や小説家や詩人たちによって、欧米の学問や文学が移入されるのに伴って新たな訳語が生み出され、新奇な事物や恋愛感情といった「洋式の情緒」も次第に定着していくという過程にありました。

ただし論文ならば、訳語や新造語に注釈をつけることも可能ですが、文芸作品ではそうもいきません。まして詩歌でそんなことをしたら台無しです。だからある程度は社会に馴染んだ語彙、字面《じづら》や音でだいたいの意味を想像し得る範囲での逸脱にとどめて表現するしかなく、その制約下で繊細な感情や心象、複雑な事態や思想を詩歌に込めるべく、近代の詩人たちは努力を重ねていました。

今日、私たちから見て彼らの詩歌が斬新さに欠けて見えるとしたら、それは彼らによって切り拓かれた世界が、私たちの日常を基礎づけているからにほかなりません。私たちの「当たり前」を作ったのは彼らです。

語彙の拡大について、正岡子規は次のように書いています。

外国の語も用ゐよ、外国に行はるる文学思想も取れよと申す事につきて、日本文学を破壊する者と思惟《しい》する人も有之《これある》げに候へども、それは既に根本において誤りをり候。たとひ漢語の詩を作るとも、洋語の詩を作るとも、将《は》たサンスクリットの詩を作るとも、日本人が作りたる上は日本の文学に相違無之《これなく》候。唐制に模して位階も定め、服色も定め、年号も定め置き、唐《から》ぶりたる冠衣《かんい》を著《つ》け候とも、日本人が組織したる政府は日本政府と可申候《もうすべく》。英国の軍艦を買ひ、独国の大砲を買ひ、それで戦に勝ちたりとも、運用したる人にして日本人ならば日本の勝《かち》と可申候。（『歌よみに与ふる書』）

学習、模倣、オマージュも可。こうして日本人は詩歌においても新たな「勝ち」あるいは「価値」を目指して奮励努力していくことになります。

だいたい日本人の思考は「外部」を意識していないと、妙に平坦化する傾向があり、言葉にもその影響が濃厚です。あと省略化。厳格さよりも「だいたい」「まあなんとなく」な曖昧さが好まれます。現代の若者が、たいていのことをカワイイとヤバイで済ませてしまっているのは、そうした「国風化」の伝統に則った、まことに古めかしい大和ぶりでありましょう（平安朝だと「おかし」「あはれ」でだいたいが済みました。「いと」と「チョー」は同じですね）。

包括的な言葉はまことに便利で、美麗、玲瓏《れいろう》はよほど美しいものにしか適しませんが、カワイイは薔薇や牡丹からタンポポやペンペン草まで使えます。でも、そうなると微妙なニュアンスは出せない。本心からの評価を隠して適当に話を合わせるのに適した「カワイイ」は、だからオブラートに包みながらも「本当の評価」を混ぜたいという気持ちを刺激し、ブサカワだのキモカワだのの派生語を生じさせもしたのでしょう。

言葉のニュアンスは大切です。言葉を失ってしまうと、場合によっては気持ちや観念すら失ってしまうことがあるので、気を付けて下さい。

ちなみに本書で「抒情」「情緒」といった言葉が出てきたら（おじさんにはこれが「実感」ある言葉です）、若い方はその都度「エモい（エモーショナル）」と訓《よ》んでもらっても構いません。そもそも漢字に勝手な訓みを当てるのも日本の伝統。『悦贔屓蝦夷押領』の訓みは「よろこんぶひいきのえぞおし」で、『倭国字西洋文庫』は「ナポレオンいちだいき」です。

近代詩人たちもよく漢字に和語や洋語を当てて「薄暮（くれかた、かはたれ）」「眩暈（くるめき、めくるめ）」「縦覧（みまはり）」「遊蕩兒（たわれを）」「聖痕（すてぐまた）」などと訓ませました。抒情（エモい）は、きわめて伝統的です、格調の有無はさておき。

日清戦争——戦詩創作者・与謝野鉄幹、従軍記者・正岡子規

美しい景色や季節の移り変わり、そしてしみじみした交遊などを詠んだ詩歌もいいですが、何といっても近代詩歌は、幸福よりも苦悩によく合います。それは近代が「考え」「自立する」時代であり、詩歌にも思想を込めることが求められたためです。

だいたい幸せな時、人間はあまり深く考えない。美しい景色を美しいものとして詠む叙景の詩歌は心地よいものですが、悩んで狂って死んじゃうようなヤツが文学の醍醐味——というのが近代です。幸せな結婚式の御祝儀歌よりも失恋ソングの方が胸を打つ。これは私がモテないせいばかりではありません（たぶん）。

失恋や死に加えて、近代日本では戦争詩歌が人々の心を揺さぶりました。それは高揚と哀切の両方向に引き裂かれており、かつ矛盾なく両立していました。

というか戦争という重大事件は、恋愛にも増して人の心を揺さぶります。自国の戦争には恋人や夫や親や子や、自分の愛する人の運命も関わってきます。あるいは自分自身が戦場に

立たされる場合もある。
与謝野鉄幹は日清戦争に際して、戦意高揚詩歌を作っています。

従軍行

大男児、死ぬべき時に死ぬを得バ、
捨つる命ハ惜しからず。
五十年、太平の夢をむさぼりて、
なにか空《むな》しく長らへむ。

おもしろし、千載一遇このいくさ、
大男児、死ぬべき時こそ来りけれ。
けふきけバ、平壌のいくさも、勝てりとか。
長駆《ちょうく》して、こたびハつかむ奉天府。

なにゆゑに劒ハまなびし。
なにゆゑに書《ふみ》ハよみつる。
かかる時用ゐむためぞ。
かかる時死ぬべきためぞ。
いざさらバ、世に思ひおく事もなし。
我ハ唯《た》だ行く戦場に。

ほかにも「将軍不誇《ほこらず》」「軍中月」など戦時下では威勢のいい詩歌をたくさん作りました。しかし戦争が終われば、戦没者のことが偲《しの》ばれます。戦争の傷跡から鉄幹は目を背けてはいません。でも、ちょっと抒情に流れます。それにこれも戦後の〃流行〃でもありました。

凱旋門

いつとさまハ帰ります、
帰りますぞ問ふものを、

帰りまさずと告げもせバ、
をさなき胸の裂けやせむ。
都の市の朝かぜに、
旗のかづかづ打なびき、
勝利をいはふ軍楽に、
花火の音もまじるなり。
きくに心のいさまれて、
人ハ見に行く凱旋門、
大尉の家のその妻ハ、
わざと我児を見にやらず。

戦争がもたらす影の部分が描かれているわけですが、必ずしも厭戦や反戦の主張があるわけではなく、これもまた素直な「気持ち」の詩です。
時に臨《のぞ》んで戦うとなれば勇猛果敢が男の誉《ほま》れ——という高揚が本当の気持ちなら、それはそれとして死は悲しいというのも本当の気持ちです。これを矛盾というのは誤りで、誤りといえば文人墨客に理論的一貫性を求めるのもまた大間違いです。

だいたい明治の知識人は武士的価値観の尻尾をつけています。それは鉄幹も子規も同じでした。

日清戦争が二年目を迎えた明治二八年の元旦、子規は『日本』に「俳諧と武事」を掲げ、蕪村の句に武事を詠じたものが多いことをあげ、蕉門連句も同様であると説き、宝永版『南無俳諧』の伊呂波《いろは》武者四十七句から十数首を引いています。そして子規は自ら従軍記者として戦地に行きたいと日本新聞社社主の陸羯南《くがかつなん》らに掛け合いますが、子規の健康を危惧して反対されます。戦地にいる知人らは、戦地の衛生状態や医療の現状を知らせてきて、到底無理だといってくるのですが、それでも聞かずに三月三日にとうとう東京を発《た》ち、六日には広島に入りました。そこで従軍許可を待ち三月二二日に漸《ようや》く許可を得ました。ただしこの間、既に講和交渉が始まっていました。

けっきょく子規が大陸に渡ったのは四月に入ってからで、休戦・戦後の金州を巡りました。この際の句に、

古城《ふるじろ》や菫《すみれ》花咲く石の間《あい》

城門を出て遠近の柳かな
戦《たたか》ひのあとに少き燕《つばめ》かな

などがあります。そして大陸からの帰国時、正岡子規は大喀血をしました。子規はその模様を漢詩「喀血歌」に賦しました。一部を引用します。

本郷台に喀血す　杜鵑花《とけんか》の発《ひら》く時
纈紅《けっこう》は雲牋《うんせん》を染め　文章は陸離《りくり》として燦《かがや》く
遼東海《りょうとうかい》に喀血す　怒涛《どとう》は五彩《ごさい》を成す
帰り来て試みに詩を賦《ふ》せば　悲壮鬼神《ひそうきしん》を駭《おどろ》かす
喀血又《ま》た喀血　喀血して竟《つい》に輟《や》まず

それにしても漢語は豊かですね。明治日本の教養人はだいたい漢詩が作れました。日清戦争時の戦争詩というと新体詩ではなくて圧倒的に漢詩です。文人だけでなく、戦地の将校や兵卒らも漢詩を作っては日本に送り、それが雑誌などによく載っていました。軍人では乃木希典《まれすけ》、政治家では副島種臣《たねおみ》、伊藤博文、山縣有朋などが優れた漢詩を残しています。戦争という「公的事件」には漢詩がよく似合う。それが日本人の感覚で、それだけに現実に自分が戦地にいても、表現自体は紋切り型にもなりやすいきらいがありました。空気を読んでしまう日本人にとって、自分の本当の気持ちを掘り下げて把握することがいかに難しいか、また写生がいかに難しいか……。

ちなみに正岡子規と与謝野鉄幹は仲が悪かったと思われています。子規は写生派の大将、鉄幹はロマン派の雄ですから、確かにその主張には対立点が多くありました。しかしどちらも詩歌の改革を目指し、自分らしい新しい表現を求めている者同士として、主張の違いは違いとして、深いところで認めているところがありました。与謝野鉄幹は病中の子規を見舞っています。

正岡子規君を訪《おとな》ひて
君が閑居を音づれて。
おどろく君が痩せたるに。
世をも人をも思はずバ、

かゝる病もなかりけむ。
権貴《けんき》に媚《こ》びて私利をのみ、
はかる詩人の多き世に、
君が吐く血の一滴も、
思へバ得がたき賜《たまもの》や。

阿呆陀羅経みたいな戦争詩――夏目漱石

日清戦争の十年後、明治三七年には日露戦争が起きました。今回もまた漢詩が盛んに作られ、野口寧斎《ねいさい》、森槐南《かいなん》、国府犀東《こくぶさいとう》などが続々と漢詩を書いては戦争漢詩の本を出版し、大いに売れた（というけれど私はあまり読んでいません。すみません）そうです。各種雑誌には漢詩や短歌の投稿が相次ぎ、戦地から寄せられる「戦争文芸」も盛んでしたが、新体詩も隆盛しました。唱歌の作詞も数多く手がけた大和田建樹《たけき》の「日露開戦軍歌」、佐佐木信綱の「露西亜《ロシア》征討の歌」、大町桂月《けいげつ》の「露国征伐軍歌」、巌谷小波《いわやさざなみ》の「征露軍歌　決死隊」、井上哲次郎「征路の歌」などはそれぞれ曲がつけられて、軍歌として歌われました。

夏目漱石も「従軍行」を発表しています。一部引用します。

吾に讎《あだ》あり、艨艟《もうどう》吼《ほ》ゆる、
　讎はゆるすな、男児の意気。
吾に讎あり、貔貅《ひきゅう》群がる、
　讎は逃すな、勇士の胆《はら》。
色は濃き血か、扶桑の旗は、
　讎を照《てら》さず、殺気こめて。

うーん。ビックリするほど空疎ですね。当然ながら評判は悪く、しかし漱石本人は自信があったので悪評にたいそう不満で、同時期に戦争詩を発表した大塚楠緒子《くすおこ》の新体詩「進撃の歌」を指して〈無学の老卒が一杯機嫌で作れる阿呆陀羅《あほだら》経《きょう》の如し女のくせによせばいゝのに、それを思ふと僕の従軍行抔《など》はうまいものだ〉と八つ当たり、ないし自画自賛しています。

ちなみにとばっちりで批判された大塚楠緒子と日露戦争というと、今日では与謝野晶子の「君死にたまふことなかれ」とならぶ厭戦詩「お百度参り」が知られていますが、これは戦争が長引いてからの作で、戦争のはじまりには高揚して軍歌調のものを作っていたのです。

こういうことはよくあって、大体はじめは大事件勃発に興奮して煽るような作品を書き、しかし冷めるのも早いというのが作家や詩人の性格です。あるいは人間というものはみんなそんなもので、創作者は正直にその飽きっぽさや無責任さを晒しているということなのかもしれません。

物書きに一貫性なんて求めるものではない——というのは本当で、看板は同じでも中身が「違うな」と気付いたら、世間がなびいていても態度を変える空気の読めなさが詩人の身上です。「詩人はカナリヤ」というのはそういう意味も含まれていて、環境がいい時は綺麗な声で歌っていても、空気が悪くなったらギャアギャア叫び、やがて鳴かなくなる。そして人間より先に死ぬ。炭坑では酸欠状態を知る指標にカナリヤを用いていました。空気を読めない存在が、実は他に先んじて空気の毒に気付くのです。

軍医・鷗外と、従軍記者・田山花袋

森鷗外は日露戦争で、奥大将率いる第二軍の軍医部長として出征しました。この第二軍に博文館の従軍記者として参加したのが田山花袋《かたい》で、出航前にさっそく鷗外に挨拶しています。鷗外は出陣に際して「第二軍」という詩を作りました。

海の氷《ひ》こごる　北国《ほくこく》も
春風いまぞ　吹きわたる
三百年来《ねんらい》　跋扈《ばっこ》せし
ろしやを討たん　時は来ぬ

十六世紀の　末《すえ》つかた
うらるを踰《こ》えし　むかしより
虚名におごる　仇《あだ》びとの
真相《しんそう》たれかは　知らざらん

ぬしなき曠野《あらの》　しべりやを
我物顔《わがものがお》に　奪《うば》ひしは
浮浪無頼《ふろうぶらい》の　えるまくが
おもひ設《もう》けぬ　いさをのみ

（中略）

世界地図を見てアジアとヨーロッパの分割線がロシア国内を走っているのを不思議に感じたことがある人は少なくないと思いますが、これはロシア帝国がウラルを越えてアジア侵略をし続けてきたためです。元々のロシア本土と地続きであっても、そこは結局植民地でした。鷗外は歴史をさかのぼって、そうしたロシアの侵略史を指摘し、極東におけるロシア利権には正統性がないことを指摘しているわけで、さすが鷗外らしい蘊蓄《うんちく》です。この蘊蓄はさらに延々極東の近現代史に及び、最後の節はこう結ばれます。

見よ開闢《かいびやく》の　むかしより
勝たではやまぬ　日本兵
その精鋭を　すぐりたる
奥大将の　第二軍

司令官閣下へのヨイショ（？）が入っているところもさすがの目配り。軍医総監にまで登り詰める医務官僚らしい作です。それでもこの詩が力強いのは、鷗外自身もまた戦場に向かう人であり、戦争が他人事《ひとごと》ではないためです。

出陣に際して作られたこの詩は、さっそく曲に乗せて歌われました。ことに第二軍の艦船では終日歌われ続け、下手なオルガンで伴奏し続けた軍曹が「もう弾けません」と音を上げるほどだったと田山花袋が書いています。鷗外は自分たちのテーマソングを作ったのです。

第二軍は遼東半島に進み、明治三七年五月二五、二六日に壮絶な南山の戦いを断行し、同地を制したものの、多くの犠牲を払いました。この戦いに関連して鷗外は次の詩を作っています。

釦鈕《ぼたん》

南山《なんざん》の　たたかひの日に
袖口《そでぐち》の　こがねのぼたん
ひとつおとしつ
その釦鈕《ぼたん》惜《お》し

べるりんの　都大路《みやこおおじ》の
ぱつさあじゆ　電燈《でんとう》あをき
店にて買ひぬ
はたとせまへに

えぽれつと　かがやきし友
こがね髪《がみ》　ゆらぎし少女《おとめ》
はや老いにけん
死にもやしけん

はたとせの　身のうきしづみ
よろこびも　かなしびも知る
袖のぼたんよ
かたはとなりぬ

ますらをの　玉《たま》と砕《くだ》けし
ももちたり　それも惜しけど
こも惜し釦鈕
身に添ふ釦鈕

直接的には戦闘の激しさを描かず、自分の服から千切れて失せたボタンと、それにまつわる思い出を哀切込めて語っていますが、言いたかったのが本当にボタンのことなのかは分かりません。多くの若者が死んだこの戦いで、鷗外もまた何かを失った。本当に書きたかったのは「ますらをの　玉と砕けし　ももちたり」だけれども、戦時下に軍人の身でそれはできないので、ボタンに仮託したのかもしれません。ちなみにこの南山の戦いでは、乃木希典大将（第三軍司令官）の長男・勝典《かつすけ》少尉も戦死しています（戦死特進により中尉）。

戦いはなおも続きます。鷗外もさらに歩を進め、軍医としての職務を励行し、その傍ら詩歌も残し続けました。

高黍《たかきみ》の　穂波《ほなみ》みそらに　つづくみて　人の力を　たたへけるかな

国力が乏しく戦費もギリギリしかない（それも戦時国債でどうにか調達した）日本は、軍備も十分ではないために士兵の精神力や犠牲的作戦に頼る傾向がありました。〈人の力をたたへけるかな〉は犠牲者たちへの哀惜追悼の念と共に、機械力ではなく人力に頼っている前線の実情を指弾する意味合いもありました。立場上、言い難いけど「それでも俺は言ってやったぜ（小声）」感がある表現です。

ともかく日本軍は、多くの人的損害を出しながらも勝ち続けます。その戦闘手法は、友好国である英米からの観戦従軍士官の目には奇異に映ったようです。確かに日本軍の戦略は、本末転倒の非合理な状況に陥っていました。これでは戦争に勝っても、国力自体はむしろ減退してしまう……。

とはいえ欧米の見方も公正ではなく、黄色人種である日本人への差別意識があり、白人国家ロシアを曲がりなりにも圧していることへの不快の念がありました。日本が勝つはずがないとか日本人と食事を共にするのは嫌だと露骨に口にする者すらいました。

こうした侮辱を許せないのが鷗外で、そもそも鷗外は、大学時代にドイツ人教師が日本人蔑視発言をしたのを怒って反論して不当な成績をつけられて大学に残れなくて軍医となり、ドイツ留学した際には日本を侮辱したナウマンと論争し……と日本人差別と闘い続けてきた人です。戦場でもその思いは鬱積《うっせき》し、彼らを烈《はげ》しく糾弾する詩を作りました。

黄禍《こうか》

勝たば黄禍　　負けば野蛮
白人ばらの　　えせ批判
褒《ほ》むとも誰《たれ》か　　よろこばん
謗《そし》るを誰か　　うれふべき

黄禍げにも　　野蛮げにも
すさまじきかな　　よべの夢
黄《き》なる流《ながれ》の　　滔滔《とうとう》と
みなぎりわたる　　欧羅巴《ヨーロッパ》

見よや黄禍　見よや野蛮
誰かささへん　そのあらび
驕者《きようしや》に酔《よ》へる　白人は
蝗《いなむし》襲《おそ》ふ　たなつもの

黄禍あらず　野蛮あらず
白人ばらよ　なおそれそ
砲火とだえし　霖雨《ながあめ》の
野営のゆめは　あとぞなき

いやー鷗外先生、怒ってますね。もしかしたら敵国ロシア以上に、人種差別的で嫌味な友好国英米の白人エリート層に対する憎悪の方が強いのではないかと思うほどです。

実際、日本人は欧米人からの差別と闘うために血を流してきました。幕末に開国した際に結ばされた条約は不平等条約で、日露戦争の時点でもまだ完全には対等になっていませんでした。日本が欧米列強と完全に対等な国交条約を確立したのは一九一一年で、日露戦争どころか日韓併合後です。

そこまで日本が「強く大きく」ならなければ、欧米との対等が獲得できなかった。しかもその後も何かと差別され続けた。そのことに目をつむると、太平洋戦争に至る帝国化の経緯、日米開戦を庶民が歓迎した背景が分からなくなります。不満がずっと堆積していたのですね。

ちなみに田山花袋は、日露戦争の途中で帰国しています。花袋は南山の戦いの後に〈すさましきこの人の世のあらそひを　よそになしてもすめる月かな〉という歌を詠んでいました。花袋は帰国後、それまでに雑誌に書き送った従軍記事をまとめた『第二軍従征日記』を出版するにあたり（まだ戦時中）、鷗外に序文を乞いました。引き続き戦地にあった鷗外は、序文に代えて次の歌をおくっています。


うたたくみ君月なれやさかしらの　世のあらそひをよそにすみます

これも読みようによっては皮肉な歌です。「月ほども遠くから見ているだけの君にとって、戦争はしょせん他人事ですね」とも取れます。花袋というと『蒲団』や『田舎教師』で、写実主義の「赤裸々な描写」ということになっていますが、実際には女弟子にもっと酷《ひど》いことをしておいて隠しているのに対し、鷗外はずっと前に『舞姫』で自分の恋愛をネタにしており、また『ヰタ・セクスアリス』も淡々と赤裸々で「いいのか？」と思ってしまうほどの人でした。実際、掲載号は発禁になりました。

鷗外は論争好きで、文学では没理想論争などいくつも論争を戦い、医学・衛生学でも相手が沈黙するまで激論をしました。脚気《かっけ》論争ではけっきょく間違っていたのは鷗外の方でしたが、論戦術に長《た》けていたために議論は鷗外有利で展開し、それが陸軍での脚気蔓延の一因となる悲劇も起きます。さらに学閥批判に対して「学閥とは何だ」とかみつき、これに「学閥とは何だとは何だ」という反論文が出ると、「学閥とは何だとは何だとは何だ」を書くというネット議論みたいな不毛な戦いをしたりもしています。これは絶対、好きでやってます。私はそんな鷗外の怒りっぽいところはさして怖くないのですが、時々垣間見える虚無的な面はとても怖いです。

でも鷗外よりも、もっと怖いのは乃木希典大将。乃木は漢詩の名手として知られており、日露戦争中も「金州城下作《きんしゅうじょうかのさく》」など、いくつもの漢詩を作っています。そして二〇三高地を占領した直後の明治三七年一二月一一日、「爾霊山《にれいさん》」という詩を得ました。

「爾霊山」は二〇三の当て字です。言うまでもなく同地は旅順要塞攻略にあたって多くの戦死者を出した血戦の地で、死者の霊を弔う意味合いからの撰字でしょうが、それにしても自分が指揮した戦闘で多くの部下を死なせておいて、上手すぎる当て字で詩を作ってしまうセンスは、私にはちょっと分かりません。自分も二人の息子を失い、また当人も死ぬつもりでいたからこそなのかもしれませんが、底なしの虚無を感じます。

晶子・鉄幹・石川啄木――割れる新詩社

日露戦争と文学というと、教科書的には戦争の野蛮性を批判し続けた『平民新聞』や与謝野晶子の詩「君死にたまふことなかれ」がまず最初に来ます。というか高校レベルだと、ここまでしか習わないでしょう。しかし実際には圧倒的に戦意高揚、折々の戦況報告的作品が多かったことを忘れてはなりません。オリンピックの興奮の中、「国旗を揚げるという集団主義的形式はいかがなものか」という意見もあった、という状況でしょう。

その『平民新聞』は反戦詩を募集し、大塚甲山《こうざん》の「今はの写しゑ」を掲載しました。この作品は、戦地で重傷を負ったロシア軍将校を日本軍の井上健吉少尉が介抱し、自分の水筒の乏しい水を飲ませていると、今際《いまわ》の際《きわ》に自分が身に着けていた家族の写真を井上に託したという「戦争美談」を厭戦的作品に転じたものでした。一部を抜粋します。

あはれやのこる妻と子は、
モスクワあたりの夕間暮《ゆうまぐれ》、
人の失せしも知らずして、
恙《つつが》なかれと祈るらん。

世界の人のやすらぎを、
みだすはげにや筒の声、——
為《な》すまじきものはいくさなり、
為すまじきものはいくさ也。

言いたいことは分かりますし、戦争なんてしない方がいいに決まっていますが（開戦の詔勅にもそう述べられています）、それでも起こってしまうのが戦争で、これだけでは説得力に欠けるし、戦争美談よりも強く訴えかける情感があるかというと、残念ながらそうは思えません。だいたいロシア兵の死を詠っているところが、腰が引けています。

これに対して与謝野晶子の詩は、弟のことを詠っているだけに切実です（国語教科書に載ってなくても歴史の教科書に出ているでしょうから、ここでは引用しません）。ちなみに与謝野晶子の弟・籌三郎《ちゅうさぶろう》の配属は輸送担当で、比較的後方の勤務が多く、たぶん旅順攻囲戦には参戦していませんし、無事に帰還しました。よかったですね。

この詩に対して大町桂月が「国家観念を蔑視したる危険なる思想の発露なり」と批判すると、晶子は「私思ひ候に、『無事で帰れ、気を附《つ》けよ、万歳』と申し候は、やがて私のつたなき歌の『君死にたまふこと勿れ』と申すことにて候はずや」と反論し、反戦の意図はないと主張しました。これにまた桂月が反論すると、今度は旦那の与謝野鉄幹が桂月宅に押しかけて実力行使で黙らせました。

こういう暴力的な人がいるから戦争はなくならないんだよなーと思う一幕です。鉄幹は戦意高揚詩というか戦争叙事詩をたくさん書いている人なので、好戦的といわれると喜ぶかもしれません。

況《ま》して野蛮の露《ろ》を懲《こら》し

世界の敵を除くべき
正義の軍《ぐん》に死なむこと
如何《いか》に我等が誉れぞや
（与謝野鉄幹「旅順口封鎖隊」より）

戦争の下では、日頃の思想が揺らぐ人もいます。検閲とか世間のしがらみといった外圧ばかりでなく、自分自身の内面から湧き起こってくる何かがある。「この戦争に意味はない」「間違っている」と思っていても、現にそのために命を懸けている人々がいて、彼らが血を流しながら進んで行くのを見聞きすると、心を揺さぶられるのが人情です。

特に詩人は、人の気持ちに共感しやすいので、机上の思想より現実の行動に心情が引き寄せられていくことが多い。だからいけないと分かっていても、不倫もすれば泥酔して路に転がったりもするのです。

のちに社会主義に傾倒する石川啄木も、この時点では戦況の進捗に一喜一憂する日本人のひとりでした。乃木大将が難攻不落といわれた旅順要塞を攻略すると、感動して「老将軍」を書き、戦争報道ビジュアル誌『日露戦争写真画報』に発表しました（同誌の編集記者をしていたのが『海底軍艦』などで知られる冒険作家の押川春浪《しゅんろう》。

老将軍、骨逞《たく》ましき白竜馬
手綱《たづな》ゆたかに歩ませて、
たゞ一人、胡天の月に見めぐるは
沙河《さか》のこなたの夜の陣。
（中略）
発《ひら》いては、万朶《ばんだ》花咲く我が児等《こら》の
精気《せいき》、今凝る百錬の鉄。
大漠《たいばく》の深《ふ》け行く夜を警《いまし》めて
一声動く呼笛の音。

明けむ日の勝算胸にさだまりて、
悠々馬首をめぐらすや、
莞爾《かんじ》たる老将軍の帽《ぼう》の上《へ》に

悲雁一連月に啼《な》く。

啄木は開戦直後にも『岩手日報』に随筆「戦雲余録」を寄せ〈平和と云ふ語は、沈滞や屈辱と意味が同じでない〉〈(この戦争は)戦《たたかい》の為めの戦ではない。正義の為、文明の為、平和の為、終局の理想の為めに戦ふのである〉と書いていました。

その一方で、のちにはトルストイの非戦論（戦時下の明治三七年九月、『時代思潮』第八号に掲載）を目にして心が揺れたとノートに書きつけています。矛盾していますが、このような揺らぎや迷いがあるのが人間で、それを正直に見つめた上で表現するのが詩人であり作家です。

「詩人に思想を求めてはいけない」というのは、彼らを軽んじて言うのではなく、詩人にまで建前や堅苦しいイデオロギーを押し付けたら、私たちは自分でも気づけずにいる本当の自分たちの心の声を聞く回路を失うことになる、という意味からです。思想は大事。でも本当の気持ちは、もっと大切。

第三章　江戸趣味と西洋憧憬——上田敏、北原白秋、木下杢太郎、佐藤春夫、萩原朔太郎

『海潮音』からパンの会へ

明治期の詩集のなかで、大正期のそれにいちばん影響を与えたのは、おそらく上田敏《びん》の『海潮音《かいちようおん》』です。訳詩集ですが、大正の堀口大學『月下の一群』と共に、圧倒的なインパクトがありました。何しろ視野が広くて、セレクションが見事で、語彙が豊富。この辺りから詩人の語彙が飛躍的に拡張します。

『海潮音』という誰もが思い出すのがヴェルレーヌの「落葉《らくよう》」でしょう。〈秋の日の／ギオロンの／ためいきの／身にしみて／ひたぶるに／うら悲し。〉ですね。それからカール・ブッセの「山のあなた」。〈山のあなたの空遠く／「幸《さいわい》」住むと人のいふ。／噫《ああ》、われひとゝ尋《と》めゆきて、／涙さしぐみ、かへりきぬ〉。

この辺りは一昔前の人はみんな暗唱できました。後者は落語家の歌奴《うたやっこ》（後の圓歌《えんか》）のネタでもあり……若い人はかえって歌奴を知らないかもしれませんが、「山のあなた」はお笑いのネタになるほど広くみんなに知られていたということです。

私個人としてはローデンバックの「黄昏《たそがれ》」やマラルメの「嗟嘆《といき》」辺りが好みです。「黄昏」の第一連と「嗟嘆」は全文を引いておきます。

黄昏

夕暮れがたの蕭《しめ》やかさ、燈火《あかり》無き室《ま》の蕭やかさ。
かはたれ刻《どき》は蕭やかに、物静かなる死の如く、
朧々《おぼろおぼろ》の物影のやをら浸み入り広《ひろ》ごるに、

まづ天井の薄明《うすあかり》、光は消えて日も暮れぬ。

嗟嘆《といき》

静かなるわが妹《いもと》、君見れば、想《おもい》すゞろぐ。
朽葉色《くちばいろ》に晩秋《おそあき》の夢深き君が額《ひたい》に、
天人《てんにん》の瞳《ひとみ》なす空色の君がまなこに、
憧《あこが》るゝわが胸は、苔古《こけふ》りし花苑《はなぞの》の奥、
淡白《あわじろ》き吹上《ふきあげ》の水のごと。空へ走りぬ。

その空は時雨月《しぐれづき》、清らなる色に曇りて、
時節《おりふし》のきはみなき鬱憂は池に映《うつ》ろひ
落葉《らくよう》の薄黄《うすぎ》なる憂悶《わずらい》を風の散らせば、
いざよひの池水《いけみず》に、いと冷《ひ》やき綾《あや》は乱れて、
ながながし梔子《くちなし》の光さす入日たゆたふ。

詩語は豊かになり、しかも言葉がこなれて、読者の心に深い内容を届きやすくする工夫が見られます。明治末期には象徴主義の詩風がもたらされ、日本では三木露風が果敢にこれを取り入れました。

黄昏の一刻《ひととき》

甘き心の疲るゝ如く
太陽は彼方《かなた》の岸に、ためいき深く沈む。

あゝ、ひとり悲しみ
今も啼きしきる海辺の鳥よ。
やはらかき紫紺《しこん》の空、
その空のいづこにか
うち顫《ふる》ふ夢のしらべ……

沈みゆけ、
太陽よ
彼の岸遠く。
なほもまた海辺の鳥、
啼きしきれ、夢の深みに。

啼きしきれ、我世は
感覚の黄昏時。

露風と並び称されたのが北原白秋で、その人気ぶりから「白露《はくろ》時代」と呼ばれたほどです。象徴詩は大きく分ければロマン主義の流れに属していて、近代文学はだいたいロマン主義と自然主義の二大政党制みたいなもので、文壇の主流を激しく争い、交互に政権を担っていたようなものです。その転換には現実の政治状況も関わっています。

明治三八（一九〇五）年の日露戦争の勝利、そして明治四四（一九一一）年の不平等条約撤廃の完遂によって、日本の幕末維新以来の国家目標はとりあえず達成されました。それと同時に、国民は一丸となれる命題を失いました。しかも世の中は不景気。日露戦争に勝ったとはいえ、ようやく勝っただけで賠償金は取れず、戦費は国債――ようするに借金です。しかも外債が多くて、国民は重税に喘《あえ》ぐことになります。

戦意高揚的な戦争詩はロマン主義でしたが、興奮が冷めた後には戦後不況と幻滅がやってきて、文壇の主流は自然主義文学に移ります。もはや夢に浮かれている時代ではない、というわけです。

しかし人間は夢がなければ生きられない。当然ながら耽美主義や幻想的な想像力を志す人々もいました。明治末期には徐々に自然主義の息苦しさが飽きられはじめ、ロマン主義の気運が起こります。

そうした人々の集団として知られるのが「パンの会」でした。北原白秋、木下杢太郎《もくたろう》、長田《ながた》秀雄、吉井勇《いさむ》、さらには石川啄木など「スバル」系の詩人と、美術同人誌『方寸《ほうすん》』に集っていた石井柏亭《はくてい》、山本鼎《かなえ》、森田恒友《つねとも》、倉田白羊《はくよう》らの画家など二〇代の芸術家らが、文学と美術の交流を通して意気投合し、浪漫派の新芸術を語り合おうとして作られた場で、やや遅れて高村光太郎も参加。時には、上田敏、永井荷風、谷崎潤一郎なども顔を出し、さらには歌舞伎の市川左団次、市川猿之助らも姿を見せることがありました。

パンの会の第一回の集まりは明治四一年一二月、両国公園矢ノ倉海岸の西洋料理屋「第一やまと」で開かれました。さらにパンの会は、両国から神田、永代橋、日本橋と場を変えながら、大正二年頃まで続きました。

ここに集まった人々は、想像のなかで東京をパリに、隅田川（大川）をセーヌ川に重ね、自分たちをセーヌ河畔のカフェに集う芸術家に擬《なぞら》えていました。白秋や杢太郎の「南蛮趣味」は、江戸以前の文化の中に西洋との融合を見出す試みで、一種のフィクションだったといえるでしょう。彼らの江戸趣味自体が、架空の江戸美学の創造だったのです。

この点について、杢太郎自身も〈我々の思想の中心を形作つたものは、ゴオチエ、フロオベル等を伝はつて来た『藝術の為めの藝術』の思想であつた。この思想的潮流には本元でもエキゾチスムが結合した。必然我々の場合にもエキゾチスムが加つた。欧羅巴《ヨオロッパ》文芸それ自身が既にそれであつたが、別に「南蛮趣味」が之に合流して、少しく其音色を和らげ且つ複雑にした。浮世絵とか、徳川時代の音曲、演劇といふものが愛されたが、それはこの場合、伝承主義でも古典主義でも、国民主義でもなく、やはりエキゾチスムの一分子であつた。浮世絵は寧《むし》ろゴンクウルやユウリウス・クルトやモネやドガなどの層を通じて始めて味解せられた〉（「『パンの会』と『屋上庭園』」）と述べています。

このような眼差しで周囲を見渡すとき、ありふれた景色は、オキシデンタリスム（西洋趣味）を通したオリエンタリズムによって二重に異化され、日本には西洋文化の古い残滓《さんし》が認められると同時に幻想の国となるのでした。

北原白秋は、切支丹南蛮趣味という江戸情緒と西洋憧憬を両立させる題材を巧みに昇華して、『邪宗門』（明治四二）を著しました。その冒頭に置かれた「邪宗門秘曲」の第一連を引きます。

われは思ふ、末世《まつせ》の邪宗、切支丹《きりしたん》でうすの魔法。
黒船の加比丹《かびたん》を、紅毛《こうもう》の不可思議国を、
色赤《いろあか》きびいどろを、匂《におい》鋭《と》きあんじやべいいる、
南蛮の桟留縞《さんとめじま》を、はた、阿刺吉《あらき》、珍酡《ちんた》の酒を。
目見《まみ》青きドミニカびとは陀羅尼《だらに》誦《ず》し夢にも語る、
禁制の宗門神《しゆうもんしん》を、あるはまた、血に染む聖磔《くるす》、
芥子粒《けしつぶ》を林檎のごとく見すといふ欺罔《けれん》の器《うつわ》、
波羅葦僧《はらいそ》の空をも覗《のぞ》く伸び縮む奇なる眼鏡《めがね》を。

ここに描かれた南蛮イメージは江戸時代後期の戯作などに見られたものの延長にあり、同時に明治以降の西洋憧憬が重ねられています。顕微鏡や望遠鏡へのあこがれはリアルタイムなもの――それどころか白秋を経由して昭和初期の江戸川乱歩の「押絵と旅する男」、久野《くの》豊彦の「黴《かび》のはえたレンズ」、牧野信一の「風媒結婚」などのレンズ幻想小説にまでつながっていきます。

木下杢太郎も「『異人館遠望の曲』序」で次のように詠います。

花を置きたる窗《まど》の欄干《てすり》に、異人なれども懐しや、
まだ年若き英吉利斯人《えげれすびと》は、口笛の
悲しき節に歌うたふ。
商館の奥より漏るるおるごるの曲に合せて歌うたふ。

一方、三木露風は鈴木三重吉の『赤い鳥』運動に参加して頻《しき》りに童謡を書き、さらにカトリシズムに傾倒を深めて大正七年には洗礼を受けます。つまり露風は本当に切支丹になるわ

けですが、その関心は詩壇の潮流からは次第に離れていくことになりました。

佐藤春夫の憧憬、堀口大學の青春

西洋憧憬は「パンの会」やキリスト教入信者に限られたものではありませんでした。新詩社の若手として出会って以来、生涯の親友となる佐藤春夫と堀口大學は、共に西洋憧憬の人でした。

明治四四年、慶應義塾大学の二年生だった堀口大學は外交官だった父から、ベルギーに留学させるので、まずは自分の任地であるメキシコに来てフランス語をみっちり勉強するようにとの指示を受けました（大學の父・堀口九萬一《くまいち》はフランス人と再婚しており、外地で暮らす堀口家の日常語はフランス語になっていました）。

その旅立ちの折、親友だった佐藤春夫は次のような詩を送っています。

友の海外にゆくを送りて

君白耳義《ベルギイ》にゆくと云ふ、

美しき少年なれば、
美しきかの国なれば、
海こえてゆくつばくらめ
かにかくに胸はをどらん。
されどまたゆかざるもよし、
予が常の詭弁《きべん》と云ふな、
予はしばし日本に住まん、
よきこの国の民ならぬ
旅人のLOTIの眼をもて
東方のをかしき国を
芸術を知らざるを嗤《わら》ふべく
哀れなるJAPONに住まん
否、しばし呪はれし島にとどまる。
かくて幾年の後、君を追ふとき
「行く」とより「帰る」とこそ云ふべけれ。

佐藤春夫の想像力のなかで、日本という「東方のをかしき国」を異邦人の眼で眺める旅人であり、西方の「美しき国」こそは自分が帰るべき故郷なのでした。

それにしても「美しい少年なれば……」は剣呑《けんのん》です。実際、ふたりはそういう関係なのではないかという噂は、当時からありました。堀口大學はハンサムなうえに身嗜《みだしな》みもお行儀もよく、そのうえ洒落《しゃれ》たエロティシズム漂う詩句の名手ですから当然女性にモテました。フランス女性にも日本人女性にも。そのうえ、どうやら男性にもモテました。慶應義塾では二人の先輩（ひとりはテニス部、もうひとりはボート部）が、競技会で貰った自分の優勝メダルを堀口に贈り、身につけていてくれと頼み、それを持っていると喜び、何かの拍子に忘れるととても不機嫌になったということで〈こういうのをほのかな「男道」の情緒とでもいうのかね。しかし僕にもその二人にも別段それ以上の趣味はなかったから、たったそれだけのことで、清らかな友愛と言えるでしょうね〉（関容子『日本の鶯　堀口大學聞書き』）と御本人が語っています。

これで思い出したのが稲垣足穂《たるほ》の「RちゃんとSの話」で、そこでは下級生がメダルをせがみ、上級生が持っていないと言うと、お稚児さんにしている別の下級生にやってしまったんだろうと騒ぐ場面がありました。優勝メダルを好きな子に贈るという風習は、どうやら一般的なものだったようです。そういえば夏目漱石は、中村是公《ぜこう》からボート競技優勝賞品のシェークスピアの本をもらっていたっけ……。

帰国した堀口大學が出した訳詩集『月下の一群』は、同時代の詩人を含むフランス詩学の見事な精華集で、そのセレクションの確かさと鮮烈流麗な詩文で、多くの詩人たちに影響を与えました。

特に大學で目立つのは上質なエロティシズムです。耽美《たんび》・駘蕩《たいとう》・頽廃《たいはい》です。これは白秋や李太郎、佐藤春夫にも共通する指向で、春夫に至っては廃墟趣味までありました。

ただの貧困は悲惨なだけですが、頽廃や没落にはロマンがあって、ようするに貴族や大富豪が零落して庶民に近くなるという「悲劇」ですね。「もうこの屋敷とも領地ともお別れですのね。……私は自由ですわ」というチェーホフみたいなアレです。

でもたいていの詩人は官僚か地主か造り酒屋か医者の子どもで、平均よりは豊かですが貴族や大富豪ではありません（吉井勇は伯爵でしたが）。だから没落志願の詩人は、頽廃を楽しむ前に、まずは勤勉に稼がなければなりませんでした。稼いでは酒や女や書籍購入に当てて、ささやかに没落願望を満足させる。白秋はたくさんの童謡や民謡を作りましたが、その何割かはそうした目的のためでしたし、杢太郎は医学者としてごく真面目に仕事をしながら、南蛮文献の収集を続けました。堀口大學はフランスで美食に慣れたために、口が奢《おご》っており、翻訳をたくさん手がけては美食につぎ込んでいたそうです。あと、たぶん女性や友人への粋なプレゼント代のために。

金にならない、でも心を豊かにする行為を続けるために、金を稼ぎ続ける。芥川龍之介もそうですが、大正青年世代は明治の父のように国家的大目標に忠実ではありませんでしたが、私的目標のためにはきわめて勤勉に、効率的に努力をしています。

流行の言葉、増え続ける詩語

薄田泣菫や蒲原有明が切り拓き、上田敏らのおかげで豊かになった詩語を、さらに豊富にして定着させたのは三木露風や北原白秋、木下杢太郎でした。さらに佐藤春夫、萩原朔太郎、室生犀星、堀口大學といった人々が複雑な詩境を民衆にも伝わるよう、こなれた表現に努めました。

おかげで新たな月並み単語が出来ました。たとえば薔薇《そうび》、窗《まど》、玻璃《はり》（ガラス、ギヤマンなどとルビを振る場合も）。そして天鵞絨《びろうど》、骨牌《カルタ》……。どの字も私は白秋で覚えましたが、杢太郎や朔太郎や春夫や大學もよく使います。その他、今は埋もれてしまっている大正から昭和初期にかけての詩人たちも、これらの言葉を実に頻繁に詩文中に登場させました。流行というのはそういうものですね。

詩は口ずさみやすい、かっこいい作品が増え、それを真似したいという人が増えたあたりから、若者中心に流行の火がつきました。その中心にいたのは大正初期には北原白秋です。白秋は官能の人で、男女関係のほうの官能についてはいては章を改めて取り上げたいと思いますが、さまざまな感覚が研ぎ澄まされているという意味でも官能の人でした。詩人ですから視覚的な先鋭さはもちろんですが、色彩・味覚・嗅覚も敏感で、それが詩歌に表れています。

そうした「官能」は、一見すると分かりやすく、しかも七五調の響きが残っているので口ずさみやすく、新しくて何だかモテそう。そういう歌があれば、たぶん今でもミリオン・ヒットします。みんなが真似して、カラオケで歌いまくります。ついでに、自分も似たような曲なんか作ってみたくなる。だから大正期の詩のブームは、バンド・ブームみたいなもので、単なる読者の増大ではなく、「作りたい」というエピゴーネンの大増殖でした。

でも、もちろんそう簡単には作れません。みんながみんな、松任谷由実や小沢健二になれるわけではないのです。

北原白秋旗下の三羽烏といえば萩原朔太郎、室生犀星、大手拓次《たくじ》ですが、彼らは三感覚をそれぞれ継承した感があります。萩原は色彩、室生は味覚、そしてもちろん大手といえば香りですね。つまり彼らでさえも、北原白秋のすべてを一身で継承することはできなかったということでもあります。しかしその一方で、彼らは白秋が残していた明治的ロマン主義を克服し、それぞれ詩史に新たなページを拓きました。

都市憧憬・故郷憧憬、そして朔太郎の田舎嫌悪

ところで地方出身者にとって、西洋憧憬はまず都市憧憬として現れます。それはまた田舎嫌悪という形をとる場合もあります。もちろん逆に故郷憧憬（郷愁）というのもあり、室生犀星にとっては都市はあくまでも「怖いところ」で、郷里の金沢が偲ばれるのですが、萩原朔太郎の都市は基本的に楽しく明るい場所であり、逆に故郷が忌まわしいところでした。萩原には「田舎を恐る」というそのものズバリの詩があります。

田舎を恐る

わたしは田舎をおそれる、
田舎の人気《ひとけ》のない水田の中にふるへて、
ほそながくのびる苗の列をおそれる。
くらい家屋の中に住むまづしい人間のむれをおそれる。
田舎のあぜみちに坐つてゐると、
おほなみのやうな土壌の重みが、わたしの心をくらくする、
土壌のくさつたにほひが私の皮膚をくろずませる、
冬枯れのさびしい自然が私の生活をくるしくする。

田舎の空気は陰鬱で重くるしい、
田舎の手触りはざらざらして気もちがわるい、
わたしはときどき田舎を思ふと、
きめのあらい動物の皮膚のにほひに悩まされる。

わたしは田舎をおそれる、
田舎は熱病の青じろい夢である。

苗の列が恐くて米が食えるか！　と長塚節なら怒りそうですが、恐いんだから仕方がない。萩原朔太郎はいろいろなものを恐がる人でしたが、本当に田舎が恐いなら、これは困ったでしょうね。要するに素朴で鈍感な民衆も、自然も平穏な日常生活も人間関係も、みんな恐いといっているわけですから。

それでいて萩原朔太郎は、ポスト白秋世代で最も広く民衆に読まれた詩人でした。病的で繊細なのも、なんだかカッコいい。モテそうだから。大衆は「カッコいい」「モテそう」に目がありません。こうして異端であり「他人と違う」はずのものが、最も大衆的なムーブメントとなり、模倣され消費されていくことになります。なるほど〝田舎〟は恐い。

思えば犀星の〈ふるさとは遠きにありて思ふもの〉（「小景異情」）も、望郷の詩ではなく、金沢に戻った際の幻滅を詠ったものでした。

詩の民衆化に我慢ならない――日夏耿之介

大衆――本を読み、情報や教養に関心を持つ民衆という新たな層が生まれたのが大正後期から昭和初頭にかけてでした。彼らのために分かりやすい表現を――ということで、平易な表現に努める民衆詩の運動が起き、「純真な心を持つ子どもたちのために」ということで、教育的な唱歌とは別に、情操的な童謡運動も生まれました。レジャーブームも（戦後ほどの規模ではありませんが）起こり、各地で民謡が盛んに求められるようにもなりました。野口雨情や北原白秋、西條八十、そして佐藤惣之助などが需要に応え、さらには歌謡曲も作りました。もちろん歌詞の言葉は平明で、分かりやすいものが選ばれます。詩の民衆化と詩学の後退は表裏一体でした。

それでも、すそ野を広げることは大切。関心を持つ人が増えれば、そこから上質な読者や次世代の書き手も育ってくる。そんな考え方がある一方で、「だれでも詩が作れる」式の「詩の民衆化」に我慢がならなかったのが日夏耿之介《ひなつこうのすけ》です。日夏は「分かりやすさ」という妥協を許さず、月並みな詩語にはあきたらず、したがってその作品には難漢字が頻出するのですが、パソコンで出てこないので割愛します。何しろ彼が選ぶ字は、当時の日本の活版屋にもめったになくて、活字を作らせたとか、台湾の写植屋に頼んだといわれます。日夏の難漢字は、一種のタイポグラフィーだといってもいいでしょう。

しかも日夏の作品は、推敲され、版が改まるにしたがって、いっそう難漢字が増えていく形で変化し続けました。常に推敲し続ける日夏を賞賛する者がいる一方で、萩原朔太郎などは日夏のそうした選字方法を、本質的な理由のない行為だと批判しました。

日夏も決して選民思想に凝り固まっていたわけではなく、文芸は開かれてあるべきと考えていました。ただし「詩は皆のもの」という思想は、詩を読者の今現在「分かる」レベルに引きずりおろすのではなく、詩を読む人々が自己の精神性を高めて自分も詩も向上していくというものでなければなりませんでした。今の自分に分からないものを「難しい」「気取っている」と排除していては、いつまでも自分は変われない。変わらないままの自分でいるということは、つまり自分の可能性を殺すことでもあるというのが、学匠《がくしよう》詩人・日夏耿之介の信念でした。

ちなみに日夏耿之介は偏屈で恐い人と思われていますが、多くの弟子がおり、敬愛されていました。たしかに恐い面があり、弟子の詩集に序文を頼まれると、その中で収録作品を歯に衣着《きぬき》せずこき下ろすような人でしたが、これは単に正直であり、また手心を加えるなどという失礼な真似をしない真剣真面目な人だっただけであって、基本的に親切だったようです。

それは日夏が書いた序文の多さからも分かります。弟子から「詩集を出したいので序文をお願いします」と頼まれると「お前が詩集を出すなどまだ早い」と説教しながらも引き受け、作品を精読して、やっぱり腹を立てて正直な感想を書いてしまうけれども、何とか良いところを見出そうともしてくれる、本当の意味でいい先生だったのでしょう。ですから日夏耿之介門下の集まりである黄眠会《こうみん》（黄眠は日夏耿之介の別号のひとつ）は、日夏の死後も長く続きました。

そんな黄眠会に参じた若い詩人のひとりに池澤夏樹がいます。今は小説家としての方が有名な池澤さんですが、もともとは詩人として出発しており、優れた日夏耿之介論も書いています。その池澤の父は小説家の福永武彦でしたが、福永の師は堀辰雄ということで、日夏耿之介と一時は共に詩誌『パンテオン』を編纂した堀口大學とは別の、もう一つのフランス憧憬派の系譜がここにあります。

ちなみに余談を続けてしまいますと、堀辰雄は温厚で、ひとの悪口や陰口をせず、皆に同じように心を傾《か》けるので、多くの人から愛されましたが、プロレタリア文学者との論争は辞さなかったように、こと文学に関しては譲らないところもあり、堀口大學訳のジャン・コクトーやアポリネールには不満があったようです。ただし、もしかしたらこれは翻訳自体の出来が悪いとかではなくて、堀口が実際にフランスに留学し、コクトーと親しく、アポリネールとは彼が死んでしまっていたので会えませんでしたが、その恋人だったマリー・ローランサンと親しくなっていたりしたのが、羨ましくて妬ましかったせいかもしれません。堀辰雄は結核を抱えており、体力的に洋行が不可能な体でした。それでもフランスへの憧れは強く、パリの地図を自筆で作り、そこに文学上の出来事などで有名な場所を書き込んで眺めていたほどでした。

そしてもうひとつ、堀辰雄が大學を拒まなければならなかった理由として、その七五調の魅力があったのかもしれません。堀は口語自由詩による新しい格律を支持していましたが、堀口大學の詩は七五調にもかかわらず新鮮でした。そこに惹かれてしまうからこそ、強く否定しなければならなかった。この「好きだからこそ、否定せねばならない」という苦しみについては、第八章で別の事例をあげて見ていきたいと思います。

ともあれ、フランスへの憧れというと、萩原朔太郎の「旅上」も忘れるわけにはいきません。本章の最後はこの詩で締めたいと思います。

旅上

ふらんすへ行きたしと思へども
ふらんすはあまりに遠し
せめては新しき背広をきて
きままなる旅にいでてみん。
汽車が山道をゆくとき
みづいろの窓によりかかりて
われひとりうれしきことをおもはむ
五月の朝のしののめ
うら若草のもえいづる心まかせに。

第四章　酒のつまみは何ですか——吉井勇、若山牧水、中村憲吉、萩原朔太郎、中原中也

酒は生活、酒は物語——吉井勇

欲望に素直なのが詩歌人の身上。だから恋もすれば酒も飲む。実際は、学者も官僚も僧侶も、不倫もすれば大酒もするのですが、それを自ら進んで世に明らかにすることはありません。そういう仕事はスキャンダル誌などが主に担います。ところが詩歌人は自分で書いてしまう。その正直さが彼らの身上。

数えたわけではありませんが、酒の歌をいちばんたくさん作ったのは吉井勇ではないかと思います。なかでも「酒《さか》ほがひ」の連作は有名です（以下はその抜粋）。

酒びたり二十四時《にじゆうよとき》を酔狂《すいきよう》に送らむとしてあやまちしかな
一秒のよろこびをのみたのしまむ逸楽《いつらく》びとの生涯のごと
覚めし我酔ひ痴《し》れし我また今日も相争ひてねむりかねつも
酒の国わかうどならばやと練《ね》り来貴人《こうまひと》ならばもそろと練り来《こ》
我を見て酒のにほひすあな慵《もの》う疾《と》く往《い》ねと言ふ聖《ひじり》にも会ふ
かの君の涙の酒に酔ひけるよ人は知らじな酒のかなしみ
諾《う》とも言ひ否《いな》とも言へるまどはしき答をききて酒に往きける
さかづきのなかより君の声としてあはれと云ふをおどろきて聞く
よき玉の琥珀に似たる酒のいろあまり見恍《ほ》れて我を忘るる
かかる世に酒に酔はずて何よけむあはれ空しき恒河沙《ごうがしや》びとよ
夏の日の真昼の辻の打水《うちみず》と酒を打たまし東夷《とうい》の子らに
酒《さか》ほがひ蜜蜂《すがる》のごとく酔ひ痴れて羽な鳴らしそ君もおはすに

かなしくも心に触るる君が歌酒がうたふにあらずやと聞く
酒に酔ひ忘れ得るほどあはれにも小《ちさ》くはかなきわれの愁《うれい》か
歓楽の墓のごとくにおもはるる酒場のうらの甕《かめ》のからかな

これらの歌からも察せられるように、吉井勇はなかりいい所でお酒を飲んでいます。銀座で飲んでいることもありますが、祇園での滞在率の方が高いかと思われます。

われ兼《か》ねむ優《ゆう》にふるまふ恋人といとさかんなる酒場の猛者《もさ》と
うらわかき都《みやこ》びとのみ知ると云ふ銀座通りの朝のかなしみ
いざなふは夕蝙蝠《ゆうこうもり》のはばたきかかのあそび屋の店清掻《みせすががき》か
かにかくに祇園はこひし寐《ぬ》るときも枕の下を水のながるる
叡山の荒法師《あらほうし》とも云ひつべき人と遊びていなづまを見る
舞扇《まいおうぎ》かかるうれしきそよかぜをわれに送らむために開くや
杯《さかずき》を鳴らし祇園を謳歌《おうか》すとつくにびとの事もするかな
われをかし祇園に入りてあはれにも昼なき人となりにけらしな

うーん。入り浸《びた》ってますね。銀座も祇園も、楽しみは酒ばかりではないようですが、それにしてもよく金が続くなあ。さすがは伯爵。

ともかく吉井勇には酒の歌が多い。彫刻家だという青年から聞いた恋の話という設定の「酔狂録」という歌物語もあり、そこにも多くの酒歌が登場します。

みづからの胸の傷みを癒さむと飲む酒なればとがめたまふな
酔へばいつか夢まぼろしの国に来ぬこの国をかしながく住ままし
洛陽の酒徒にまじりて或《ある》夜《よ》半《わ》は酔《よい》も身に染《し》む恋がたり聴く

男は美術学校の学生だった頃、モデルを頼んだ女がありました。

酒の香に黒髪の香のまじるときふと悲しみを覚えけるかな

女はかなしい身の上でしたが、男は思いを募らせ、彫刻家となると彼女の許に通い続け、一時は幸せを感じますが長くは続かず、やがて彼女は病となって死んでしまいます。

かにかくにわれら酔へるが如くゐぬさいはひに酔ひ悲みに酔ひ
生きてまた君を見るべき時なきかかかく歎きつつ杯《さかずき》を取る
杯を重ぬるごとにかなしみも重なりてゆくここちするかな

『伊勢物語』や『大和物語』などの歌物語の伝統を近代に再生しようという、幾重にもロマンチックな試みでした。

ひとりでも酒、友とも酒、旅先も酒――若山牧水

旅を愛し、酒を愛した若山牧水もまた、酒に因んだ歌を数多く残しています。毎日一升は飲んでいたともいわれ、昭和三年九月一七日に肝硬変で亡くなったのですが、まだ残暑厳しい中にもかかわらず、死後しばらく腐臭がしなかったため、医師が「生きたままアルコール漬けになったのでは」と口にしたほどだといわれています。

次の歌は大阪に遊んだ時のもの。酒の色に注目してください。

舌つづみうてばあめつちゆるぎ出づをかしや瞳はや酔ひしかも

とろとろと琥珀《こはく》の清水《しみず》津《つ》の国《くに》の銘酒白鶴瓶《はくづるへい》あふれ出づ

灯《ひ》ともせばむしろみどりに見ゆる水酒《みずざけ》と申すを君絶えず酌《つ》ぐ

女ども手うちはやして泣上戸《なきじょうご》泣上戸とぞわれをめぐれる

酔ひはててはただ小《こ》をんなの帯に咲く緋の大輪《だいりん》の花のみが見ゆ

ふつう琥珀の酒といえばウイスキーが連想されますが、ここでは日本酒です。とはいえ安酒はやや黄色みがかって見えるものもありますが、白鶴は違うでしょう。酒自体は透明なはずです。また次の歌ではみどりとなっており、電灯の関係か、酒席をにぎわす女たちの着物の色が映っているのかと思われます。酔って目の具合がおかしくなったせいでは、たぶんありません。

それにしても牧水の歌には、酒は出て来るけれども肴がほとんど出てきません。膳は据えられているはずで、これが鷗外や荷風の小説なら取り合わせにふれますし、子規や茂吉なら酒席でも食べ物に目が行きがちなのですが、牧水は見事に酒だけ。しかも泣き上戸。

でも悪い酒ではなかったようで〈酔ひはてては世に憎きもの一も無しほとほとわれもまたありやなし〉とおおらかな気持ちになり、〈このごろの寂しきひとに強《し》ひむとて葡萄の酒をもとめ来にけり〉と他人への気遣いも見せます。もっとも「寂しき人」は女性なので別の意図もあったのかもしれませんが……。

それにしても牧水は酒ばかり。カロリー摂取の八割以上が酒で占められていたのではないかと思います。本人も、それでは体に悪いという自覚はあったようで、〈なほ耐ふるわれの身体《からだ》をつらにくみ骨もとけよと酒をむさぼる〉と自虐的な歌もあれば、〈あな寂し酒のしづくを火におとせこの夕暮《ゆうぐれ》の部屋匂はせむ〉とか〈酒のためわれ若うして死にもせば友よいかにかあはれならまし〉と反省も感じられる作もあります。〈白玉《しらたま》の歯にしみとほる秋の夜の酒はしづかに飲むべかりけり〉というのは、たぶん歯周病で歯根が露出していますね。静かに飲んでもしみるものはしみます。牧水は酒を飲んだ後、歯を磨いていませんね。酔ったまま寝てしまうのでしょう。ここで糖尿病も患っている場合、歯周病も進行が速いし、相互関係があって一方を放置すると他方も悪化します。気を付けて下さい。

しかし好きなものはやめられない。〈酒嗅げば一縷《いちる》の青きかなしみへわがたましひのひた走りゆく〉は、酒にまつわる悲しい思い出がよみがえるのか、それとも一瞬にして節酒の気持ちが失せた悲しみか。それにしても若山牧水は酒と色彩が結び付いた歌が多いという特徴もあります。色彩感覚に鋭敏な人だったのでしょうね。

ゆふまぐれ赤いんきもてわが歌をなほしてゐしが酒の飲みたや

……もしかしたらこれが青インクでも黒インクでも、同様に酒が飲みたいのかもしれません。何をしていても酒が思い出されます。

まさむねの一合瓶《いちごうびん》のかはゆさは珠《たま》にかも似む飲《のむ》まで居るべし
三階の玻璃窻《はりまど》つつみ煤烟《ばいえん》のにほへるなかにひとり酒煮る
病む母を眼とぢおもへばかたはらのゆふべの膳に酒の匂へる

病気のお母さんのことは、もっと考えてあげて欲しいと思います。なのに牧水は逆にお母様に心配をかけ、厄介を掛けてしまいます。

飲むなと叱り叱りながらに母がつぐうす暗き部屋の夜の酒のいろ

　ここでもやはり酒は透明ではなくて、夜の色をまとっていますね。あるいはそれは「申しわけない」という後悔の色かもしれません。でも、やめません。〈焼酎に蜂蜜を混ずればうまい酒となる、酒となる、春の外光〉あたりはかわいいものですが、〈酒戦《さけいくさ》たれか負けむとみちのくの大男どもい群《む》れどよもす〉と旅先でも勝つ気満々です。

　そしてとうとうドクター・ストップがかかります。「このまま酒を断たずば近くいのちにも係るべしといふ」の詞書の下、〈飲み飲みてひろげつくせしわがもののゆばりぶくろを思《も》へばかなしき〉と詠みますが、同時に〈酒やめてかはりになにかたのしめといふ医者がつらに鼻あぐらかけり〉と、さっそく禁酒を命じる医者の容姿を批判します。八つ当たりですね。禁酒した方がいいのは分かっているのです。でも「やめむとてさてやめらるべきものにもあらず」なのです。〈癖にこそ酒は飲むなれこの癖とやめむやすしと妻宣《の》らすなり〉〈宣《の》りたまふ御言《みこと》かしこしさもあれとやめむとはおもへ酒やめがたし〉と思いつつ、でも〈酒やめむそれはともあれながき日のゆふぐれごろにならば何《な》とせむ〉と悩み、いじましくも〈朝酒はやめむ昼ざけせんもなしゆふがたばかり少し飲ましめ〉と食い下がるのでした。

そして酒をやめさせられて、ようやく牧水の歌には食事が登場します。でも幸せそうではありません。

喰ひすぎて腹出してをるは飲みすぎて跳ねて踊るに比《ひ》すべくもなし
酒なしに喰ふべくもあらぬものとのみおもへりし鯛を飯《めし》のさいに喰ふ
うまきもののこころにならべそれこれとくらべ廻せど酒にしかめや
人の世にたのしみ多し然《しか》れども酒なしにしてなにのたのしみ

ここに至って鯛を酒の肴にしていた事実が判明するわけですが、ご飯と食べてもおいしいですよ、ふつうは。

これ以降（まあ以前にも少しはありましたが）、旅先でも食べ物を詠んだ歌が見られるようになります。信州佐久湖畔に滞在した折には鯉尽《こいづ》くしの日々でした。

みすずかる信濃の国は山の国海の魚なくて鯉があるばかり
鯉こくにあらひにあきて焼かせたる鯉の味噌焼うまかりにけり

味噌焼にやがては飽きつ二年子《にねんご》の鯉の塩焼うまかりにけり
なるほどうまきこの鯉佐久の鯉ほどほどに喰はばなほうまからむ

美味いけれど、鯉ばかりでちょっと困ったようです。しかしその前後にも〈酒のみのわれ等がいのち露霜の消《け》やすきものを逢はでおかれぬ〉と友人たちと酒を酌み交わしており、せいぜいが節酒程度の日々でした。

本当に最後は体内をアルコールが廻っていたのかもしれません。

中村憲吉――酒蔵の歌

酒といえば中村憲吉のことも忘れるわけにはいきません。とはいえ、憲吉は大酒飲みというわけではありませんでした。憲吉は伊藤左千夫に師事した歌人ですが、広島県三次《みよし》郡の名望家に生まれた人で、七高を経て東京帝大法科を出た後、一時は大阪毎日新聞の記者をしていましたが、帰郷して造り酒屋を継ぎました。つまり生産者側。ここではもっぱら造り酒屋の目から見た農村風景や酒造りの世界を見てみたいと思います。

歌風はアララギ派らしい写生を基調としており〈つつましく夕餉《ゆうげ》の飯《いい》を欲したり渚とほり

て潮香《しおか》の湧けば〉といった感じですが、師の左千夫や長塚節とは違って新世代らしく、ロマン主義的な一面もありました。カフェーでのひとときを歌った「鏡壁」には、次のような作があります。

木がらしは外にはげしも夜ふけて寒くもの食ふ珈琲店《カフエー》のなかに
夜の珈琲店かがみの壁に燈《ひ》はふかし食卓《しよくたく》白きなかより對《む》けば
真白《まつしろ》き夜の珈琲店はささやかに我が皿の音に更けゆく悲しも

写生といえば写生ですが、現実の眺めや心の動きを写しただけでなく、願望というか夢想を込めている要素も感じられます。

故郷に帰った憲吉は在地地主、造り酒屋の主として家業に勤《いそ》しみますが、その生活は貧困層とはまた別の、苦労の多いものでした。

ただひとり寝酒《ねざけ》飲《の》みゐるうつつなさ今宵《こよい》はことに疲れたるかも
秋は日ごと来《き》つる小作人《こさく》に酒添《さけそ》へて家《いえ》の為来《しきたり》の膳《ぜん》を据《す》ゑしむ

地主は単に威張って取り立てるだけの存在ではなく、小作人たちの健康や家族の在り方にも気を配り、小作料がたまっていても彼らの生活が成り立たなくなるほどに取り立ても出来ず、きちんと小作料を納めに来た時は客として遇するなど、気を配っていました。

それにしても当時の農村は貧しく、中村憲吉は心を痛めます。貧困層の苦しみは、廻り廻って実直な地主の肩にも重くのしかかることにもなります。

この村に貧《まず》しきがおほし天然《てんねん》の山《やま》にいりて半《なか》ば食《しょく》をもとむる
我《わ》がいへの帳簿《ちょうぼ》にのれる人びとの負債《おいめ》はおほし村のまづしさ

農民の生活は変化に乏しく、実直一方でこつこつと励み、それでも豊作といっても生活は豊かにはならず、それどころか豊作すぎて米価が下がるなどの苦労もあり、不作は不作でもちろん苦しく、重い荷物を背負ってどこまでも続く道を歩いていくようなものでした。そんななかで杜氏を迎えて行なう酒造りの作業は、これはこれで気苦労が多いものの、憲吉の心を浮き立たせるものがありました。

酒つくるみ冬《ふゆ》とおもふ心《こころ》せはし雪ふる今朝《けさ》の洗場《あらいば》のうた
朝さむし母屋《おもや》のうちへ酒蔵戸《くらど》より蒸米《むしまい》のいきれ漏《も》れつつにほふ
酒蔵《さかぐら》に揚槽《あげふね》しまる音《おと》たかし夜《よる》は母屋の遠くまでひびく
この家に酒をつくりて年古《としふ》りぬ寒夜《かんや》は蔵《くら》に酒の滴《た》るおと
燈《ひ》のもとに酒槽《さかぶね》のしまる音《おと》のして石を懸《か》けたる男木《おとこぎ》ふるふ

しかし酒造りも楽ではありません。中村家の酒蔵で大事件が出来《しゅったい》します。〈もろみ湧《わ》くいきれに噎《む》せつ桶《おけ》のふちに腐造酒《ふぞうしゅ》のもつ香《か》を嗅《か》ぎにけり〉。腐造とは仕込み中に雑菌が混入してしまって酒の酸度が上昇して変調をきたす出来事です。これが起きた酒蔵は悲惨で、その年の酒が全滅になるのはもちろん、酒蔵の消毒が必要で、腐造を出した酒蔵の多くは廃業に至りました。

含《ふく》み唎《き》くもろみの粒《つぶ》は酸《す》くなりぬ土間《どま》にし吐《は》けば白くおつる音《おと》
人影の大きくうごく倉の燈《ひ》に酸敗酒《さんぱいしゅ》の処置を秘《ひそ》かにはかる

牡蛎灰《かきはい》をもろみの桶《おけ》におろさせぬ人《ひと》ら夜《よ》ぶかき桶にのぼるも

近代日本の経済発展は、地方地主や自営業から発展した小資本家たちを鼓舞することで出発しましたが、日露戦争以降は次第に都市部の大資本が利益を独占し、地方の衰退、伝統産業の後退が見られるようになります。個人の力ではどうしようもない、そうした大きな渦が、詩歌の中にも自ずから影を落としています。しかもそれは、地域に生きる人々の誇りを傷つける形で訪れる。米作りや酒造りは、ただの「労働」ではないのですから。

私は長塚節の小説『土』と共に中村憲吉の造り酒屋の歌が、日本の地方・農村というものを考えるうえで、今も忘れてはならない根源的な精神を伝えてくれていると考えています。

「パンの会」と酒曲

話を消費者側に戻しましょう。

詩人は寂しがり屋なので、仲間でつるむ傾向があります。この場合の仲間は、文学者や音楽家、画家など芸術方面か、せいぜい学術方面の人です。金がないのだから金持ちとつるめばいいのに、と思わないでもないですが、お互い話は合いそうもないから仕方ありません。

根岸短歌会や新詩社はそれぞれ短歌や詩を作る人たちの結社ですが、もっと緩やかで開かれた集まりが明治末期に生まれた「パンの会」でした。この会が生まれた経緯は前章に書きましたが、ともかくよく飲み、よく食べ、よく歌う会でした。

木下杢太郎の詩集『食後の唄』には、パンの会に因んだ詩が幾つもありますが、たいてい酒が絡んでいます。

金粉酒

EAU《オオ》 - DE《ド》 - VIE《キイ》 DE《ド》 DANTZICK《ダンチック》
黄金《こがね》浮く酒、
おお五月《ごがつ》、五月、小酒盞《リケエルグラス》、
わが酒舗《バア》の彩色玻璃《ステエンドグラス》、
街にふる雨の紫。

をんなよ、酒舗の女、

そなたはもうセルを著《き》たのか、
その薄い藍《あい》の縞《しま》を？
まっ白な牡丹《ぼたん》の花、
触《さわ》るな、粉が散る、匂《にお》ひが散るぞ。

おお五月、五月、そなたの声は
あまい桐の花の下の竪笛《フリウト》の音色《ねいろ》、
若い黒猫の毛のやはらかさ、
おれの心を熔《と》かす日本《にっぽん》の三味線。
EAU《オオ》 - DE《ド》 - VIE《ヰイ》 DE《ド》 DANTZICK《ダンチック》
五月だもの、五月だもの——

ほかにも杢太郎は「両国」では〈灘《なだ》の美酒《びしゅ》、菊正宗、／薄玻璃《うすばり》の杯《さかずき》へなつかしい香《か》を盛《も》って／西洋料理舗《レストラント》の二階から〉と和洋折衷の酒食を詠い、また「珈琲」の詩もあれば

「該里酒《せりいしゅ》」の詩も作りました。薄荷《はっか》酒が出てくる詩もあります。

一緒に飲んでいるのですから当然かもしれませんが、北原白秋にも「薄荷酒」という詩がありますし、「WHISKEY」もあります。しかし白秋といえば何といっても茴香酒《アブサン》です。

『邪宗門』中のひとつの章「古酒」には次のような詩的詞書《ことばがき》があります。


こは邪宗門の古酒なり。近代白耳義《ベルギイ》の所謂ファンドシエクルの神経には柑桂酒の酸味に竪笛の音色を思ひ浮かべ梅酒に喇叭《ラッパ》を嗅ぎ、甘くして辛き茴香酒《アブサン》にフルウトの鋭さをたづね、あるはまたウヰスキイをトロムボオンに、キユムメル、ブランデイを嚠喨《りゅうりよう》として鼻音を交へたるオボイの響に配して、それぞれ匂強き味覚の合奏に耽溺すと云へど、こはさる驕りたる類にもあらず。黴《かび》くさき穴倉の隅、曇りたる色硝子の窗《まど》より洩れきたる外光の不可思議におぼめきながら煤びたるフラスコのひとつに湛ゆるは火酒か、阿剌《あら》吉《き》か、又はかの紅毛の酖酡《ちんた》の酒か、えもわかねど、われはただ和蘭《オランダ》わたりのびいどろの深き古色をゆかしみて、かのわかき日のはじめに秘め置きにたる様様の夢と匂とに執するのみ。

アブサンは白秋の詩「天鵞絨《びろうど》のにほひ」「狂人の音楽」「硝子切るひと」などにも出てきますが、これは悦楽と頽廃を象徴する酒で、詩人ではヴェルレーヌやランボーが好んで飲んで泥酔しました。何しろアブサンのアルコール度数は七〇%前後と極めて高く、ニガヨモギのハーブが配合されているので幻覚などの精神作用を引き起こすともいわれ、詩人や画家がインスピレーションを得るために愛飲しました。ほぼ麻薬です。

実際、白秋も次のように詠っています。

Hachisch《ハシツシユ》か、酢か、茴香酒《アブサン》か、くるほしく
溺れしあとの日の疲労《つかれ》……纏《もつ》れちらぼふ
Wagner《ワグネル》の恋慕《れんぼ》の楽《がく》の音《ね》のゆらぎ
耳かたぶけてうち透かし、在りは在れども。
（「天鵞絨のにほひ」より）

気分は狂王ルードヴィッヒ二世。デカダンの極みですね。

アブサンは画家ではゴッホやロートレックが好み、作家だとモーパッサンの「二人の友」

やヘミングウェイ『日はまた昇る』にも出てきますし、日本ではモダニストの吉行エイスケの小説に出てきます。太宰治にも登場しますが、そちらは名前だけで飲んだとは書いてありません。ただしアブサンは強すぎてそのままでは飲めないので、砂糖のうえに垂らして火をつけてアルコール分を飛ばして飲むとか、茴香酒と称して類似の色をしたカクテルを出す店も多く、白秋が飲んだのも実は「なんちゃってアブサン」なのではないかと思います。

それにしても白秋、杢太郎になると語彙が豊富です。また白秋には〈匂強き味覚の合奏〉(「古酒」)という言葉に象徴されるように視覚・嗅覚・味覚・聴覚が混交連動する共感覚能力が感じられます。「音が見える」「色が美味しい」という感覚ですね。白秋のこうした感覚と語彙の拡張については、第六章で恋愛と絡めて見ていきたいと思います。

そうかと思えば白秋には『邪宗門』の頃から平易で調子のいい小唄みたいな作品もあり、のちに童謡や民謡を大量に書く資質も天性のものだったことが窺《うかが》えます。

酒と煙草《たばこ》に

酒と煙草にうつとりと、

倦《う》めるこころを見まもれば、
それとしもなき霊《たま》のいろ
曇りながらに泣きいづる。

なにか嘆《なげ》かむ、うきうきと、
三味《しやみ》に燥《はしや》げるわがこころ。
なにか嘆かむ、さいへ、また
霊《たま》はしくしく泣きいづる。

佐藤春夫の口嚙み酒

「パンの会」は大正初期になくなりましたが、その後も詩人たちは酒を飲み続けました。与謝野鉄幹・晶子門下の佐藤春夫、堀口大學、また白秋門下の萩原朔太郎、室生犀星などにも酒に関するいい作品があります。

佐藤春夫の『小杯余瀝集《しようはいよれきしゆう》』は、戦時下の昭和一七年九月という厳しい時代に刊行された詩詞集ですが、集中の「和奈佐《わなさ》少女物語」は『丹後風土記』にみられる天羽衣《あまのはごろも》に材を取った作品で、〈人の世のさがにしあれば／渡世《わたらい》に噛み酒を醸《か》み／酒ひさぐ鄙少女《ひなおとめ》なり／つれづれと空ぞ見らるる〉と詠っています。この〈つれづれと空ぞ見らるる〉は和泉式部の和歌〈つれづれと空ぞ見らるる思ふ人天降《あまくだ》りこんものならなくに〉に由来しているかとも思われますが、口噛み酒は今ですと新海誠監督のアニメ映画『君の名は。』を連想させもします。あっ、〈空ぞ見らるる思ふ人天降りこん〉は『天気の子』の方につながるのか。

新海監督は和歌に詳しいようですから、本当に元ネタのひとつかもしれません。

アニメは脇に置き、酒に話を戻しますと、萩原朔太郎の「酒場にあつまる」はわりと質《たち》のいい酒です。

酒をのんでゐるのはたのしいことだ、
すべての善良な心をもつひとびとのために、
酒場の卓はみがかれてゐる、
酒場の女たちの愛らしく見えることは、
どんなに君たちの心を正直にし、
君たちの良心をはつきりさせるか、

すでにさくらの咲くころとなり、
わがよき心の友等は、多く街頭の酒場にあつまる。

とはいえ朔太郎の酒がいつも機嫌よく楽しいものだったわけではないようです。少し深酒したのか、不気味な袋小路じみた、異界にも通じるような酒場の幻覚的光景を描いた作品もあります。

夜の酒場

夜の酒場の
暗緑の壁に
穴がある。
かなしい聖母の額《がく》
額の裏に
穴がある。

ちつぽけな
黄金蟲《こがねむし》のやうな
秘密の
魔術のぼたんだ。
眼をあてて
そこから覗く
遠くの異様な世界は
妙なわけだが
だれも知らない。
よしんば
酔つぱらつても
青白い妖怪の酒盃《さかずき》は、
「未知」を語らない。

夜の酒場の壁に

穴がある。

萩原朔太郎の詩には、変なお薬でもやって幻覚を見ているのではないかと勘繰りたくなるようなものがありますが、アル中でも幻覚は見るんですよね。吾妻ひでおの『失踪日記』はリアルでした。

もっと酒癖が悪かったのが中原中也。中原は正直者で、他人の作品の欠点をいちいち批評する癖がありました。要するに毒舌家。しかも当人の意識としては悪意はなく、親切で言っているつもりなのでなおタチが悪い。だからしばしば喧嘩になる。そして大概の場合は、中原のほうが道端に転がることになりました。あまりに絡むので仲間もあまり近寄らなくなる。だから余計に深酒になり、からみが酷くなり、そして道端に転がる……。

夜空と酒場（抄）

私は酒場に、這入《はい》つて行つた。
おそらく私は、馬鹿面《ばかづら》さげてゐた。

だんだん酒は、まはつていつた。
けれども私は、酔ひきれなかつた。
私は私の愚劣を思つた。
けれどもどうさへ、仕方はなかつた。

夜空は大きく、星もあつた。
夜風は無情な、波浪《はろう》に似てゐた。

……地面に転がって夜空を見上げていたのかな、と思ってしまいます。正直すぎるんですよね。そして喧嘩は弱いし、たぶん酒も本当は弱いんです。酔っ払うと裸になる悪癖もあり、サルマタひとつでノビていた、なんて話も伝わっています。それでも歯止めが利かない。歯止めを利かせるなんて妥協的な真似ができないのが中原中也なんです。

渓流《たにがわ》（抄）

渓流で冷やされたビールは、
青春のやうに悲しかつた。
峰を仰いで僕は、
泣き入るやうに飲んだ。

悲しくなるだけなら飲むなよ、と思うのですが、酒呑みには往々にしてこういう人がいますね。何が嫌だといって自分のダメなところが何より嫌で、それを忘れたいから飲むんだけれども、そうやって酒でごまかそうとする自分が、益々嫌で辛くなる。それを忘れようとしてさらに飲み……。どうにもならない破滅の道と本人も分かっているんでしょうが、それでも止められない。それが中原中也という詩人なのです。

第五章　詩歌と革命——石川啄木、百田宗治、萩原恭次郎、小熊秀雄

革命を夢想する貧困（ときどき放蕩）歌人——石川啄木

貧困と周囲の無理解に苦しみながら若くして死んだ詩人はたくさんいますが、歌人では石川啄木がそのイメージを背負っています。

東海の小島の磯の白砂《しらすな》に／われ泣きぬれて／蟹《かに》とたはむる
はたらけど／はたらけど猶《なお》わが生活《くらし》楽にならざり／ぢつと手を見る

友よさは／乞食《こじき》の卑しさ厭《いと》ふなかれ／餓《う》ゑたる時は我も爾《しか》りき

貧困と孤独の悲しみに満ちていますね。

でも実際の啄木は、収入が乏しかったのは本当ですが、それに加えて金遣いが荒く、友人から金を借りては遊郭に遊びに行き、下宿代は払わず借金は返さず、最後まで彼を支えた親友の金田一京助は、啄木のために自身も借金を抱えて苦労するほどだったというようなダメンズぶりもよく知られるようになっており、そう思うと〈とある日に／酒をのみたくてならぬごとく／今日われ切《せち》に金を欲《ほ》りせり〉の味わいもちょっと変わってきます。けっきょく金田一さんがまた集《たか》られるのか、と。

しかしそうせざるを得ないほど、啄木が貧しかったのも事実。なにぶん明治後期は学歴社会化が進んで経済格差も広がる一方、古い身分意識も濃厚に残っているという二重の意味での格差社会でした。詩人や歌人には、なんのかんのといって中流以上の家庭出身者が多いのですが、そもそもそういう人でないと上級学校に行けないし本も読めない。まして「文学」などという余計なものに親しんだりできないのが明治という時代でした。啄木の父は田舎の寺の住職で、地域ではインテリの類でしたが失職するやたちまち困窮し、家族の生活費まで啄木の肩にのしかかってきました。

それでも啄木は詩歌を作り、また小説家を目指しもするのですが、容易に経済的成果には結び付きません。不満が鬱積《うっせき》したこともあってか、啄木は明治末期には急速に左傾します。

赤紙の表紙手擦《てず》れし
国禁の
書《ふみ》を行李《こうり》の底にさがす日

赤い表紙の国禁の書というのはマルクスの『資本論』のことですね。夏目漱石の『明暗』には、津田が分厚いドイツ語の経済書を、主に教養的見栄として読んでいる場面がありますが、これも『資本論』だと言われています。世の在り方に不満を持つ知識人はもちろん、資本主義下で出世と享楽を求める津田のような教養人も『資本論』を読むというのが、一九一〇年代〜二〇年代でした。

芥川龍之介は大正三年の友人宛年賀状に〈「危険なる洋書」をとぢて勅題《ちよくだい》の歌つかまつる御代《みよ》のめでたさ〉と書いていますが、この洋書の表紙も赤かったはずです。芥川らしいアイロニカルな歌ですね。
芥川は富豪ではありませんが、丸善で頻繁に洋書を購入する程度には金があり（人気作家ですからね）、革命思想は「教養」でしたが、芥川よりもずっと貧しい啄木は、本気で革命を欲する気持ちになっていったようです。

友も妻もかなしと思ふらし――
病みても猶《なお》、
革命のこと口に絶たねば。

「労働者」「革命」などいふ言葉を
聞きおぼえたる
五歳の子かな。

などの歌を作っています。詩では「ココアのひと匙《さじ》」が有名ですね。〈われは知る、テロリストの／かなしき心を――〉です。また社会主義活動に参加していた労働者である友に贈った追悼詩「墓碑銘」も書いていますが、もっとはっきり言うと大逆事件の関係者が意識されていました。

〝今日は五月一日なり、われらの日なり。〟
これかれのわれに遺したる最後の言葉なり。
その日の朝《あした》、われはかれの病を見舞ひ、
その日の夕《ゆうべ》、かれは遂に永き眠りに入《い》れり。

（中略）

彼の遺骸《いがい》は、一個の唯物論者として、
かの栗の木の下に葬られたり。
われら同志の撰びたる墓碑銘は左の如し、
〝われには何時《いつ》にても起つことを得る準備あり。〟

明治四三年五月以降、天皇暗殺を計画した容疑で幸徳秋水ら多数の社会主義者、アナーキストが逮捕され、二六名が大逆罪で起訴されました。このうち宮下太吉ら四名が計画を認めた以外はさしたる証拠もなく、思想的交流があっただけのものも含まれていたにもかかわらず、二四名に死刑判決が下り、天皇の大赦によって半数が無期懲役に減刑されたものの、幸徳・宮下ら一二名は翌年一月二四日、死刑に処されました。このうち五名は実際に何らかの「計画関与」があったとしても、大石誠之助《せいのすけ》、内山愚童《ぐどう》ら七名の関与はかなりのこじ付けで、ほぼ無関係と見られています。

石川啄木は、僧侶でもあった愚童の扱いに特に強い衝撃を受けました。また医師でキリスト者でもあった大石誠之助は短歌もよくしていたため、交流があった与謝野鉄幹は弁護士でもある平出修《ひらいでしゅう》に大石らの弁護を依頼していました。つまり事件は、啄木たちの身近で起きていたのです。

大逆事件リベンジ作戦――南北朝正閏論支持の裏側

大逆事件の死刑が執行されて間もない時期に、啄木は奇妙な短歌を詠んでいます。

藤沢といふ代議士を
弟のごとく思ひて、

泣いてやりしかな。

これは「創作」明治四四年三月号に発表された短歌のひとつですが、歌中の「藤沢といふ代議士」は無所属の衆議院議員・藤沢元造《げんぞう》です。藤沢は明治四四年二月一六日の帝国議会衆議院議員本会議で、文部省が編纂した国定教科書『尋常小学　日本歴史』に「南北朝の事は正閏軽重《せいじゅんけいちょう》を論ずべきにあらず」「両皇統の御争《おんあらそ》ひとなり」とあるのを問題にしました。

彼の主張を分かりやすくまとめると、南北朝時代に同時に二人の天皇がいたというのは「万世一系ノ天皇之ヲ統治ス」という大日本帝国憲法と矛盾するので、学校で教えるのは駄目じゃないか、それを認めている政府は万世一系の皇室を蔑《ないがし》ろにしていて不敬だ！　というものでした。ただし藤沢は、本会議当日には、政府に対する攻撃質問はせず、涙混じりに支離滅裂な演説をして議員を辞めました。

藤沢の主張自体は、南朝の後醍醐天皇に尽くした楠木正成の忠君思想を国民教育でもっと強調せよ、という皇国史観に連なる内容だったのですが、そんな「右翼的」主張を啄木が支持するかのような短歌を作ったのは、この時期における帝国議会での「歴史観」「道徳問題」での政府攻撃は、大逆事件へのリベンジだと意識されたためです。これは当時、大逆事件の扱いに不満を抱く文筆家などには、ある程度共通した認識だったようで、内田魯庵《ろあん》も日記で両者を関連付けています。

「国体」を持ち出して締め付けを行なう藩閥政府（当時は長州閥の桂太郎内閣）に対して、一段と過激な国体思想を持ち出して「政府は不敬だ」とやり込めるのは、当時の野党の常套手段で、犬養毅もこの手法をしばしば用い、南北朝正閏論争でも藤沢辞職後に各地で演説会を行なうなどして大騒動にし、けっきょく桂内閣は政友会と裏取引をして事件を収束させた後に総辞職という方向に進みました（国民党の犬養は蚊帳の外）。

とはいえ、国定教科書の記述はこれ以降、南朝正統とされて「南北朝時代」は「吉野朝時代」となり、より皇国史観的なものとなっていきます。一時の溜飲を下げるための政府攻撃が、後々まで禍根を残す結果となった事件でした。この辺りのことは以前、『帝国化する日本』（ちくま新書）などに書いたので、詳しくはそちらを読んでいただくとして、石川啄木が素早く反応したのには、理由がありました。

明治四四年一月、啄木たちもまた、別に独自の政府攻撃作戦を準備していたのです。もちろんそれは大逆事件のリベンジという意味合いを秘めたものでした。具体的には、宮中御歌《おうた》所《どころ》の組織や歌風の古さをあげつらい、彼らが作る和歌批判を通して、日本の「近代化」に相応しくない現政府の政治手法にまで筆を及ぼす……というものでした。

大逆事件で弁護士を務めた平出修と親しい啄木ら新詩社の人々は、その判決が事件を針小棒大に拡大解釈した末の不当なものであることを知っており、機会を捉えては自分たちにとって不都合な勢力の弾圧を目論《もくろ》む政府に不満を募らせ、一矢報いたいと考えていました。

啄木の明治四四年の日記には次のような記述があります。

一月二十五日　晴　温
昨日の死刑囚死骸引渡し、それから落合の火葬場の事が新聞に載つた。内山愚童の弟が火葬場で金槌《かなづち》を以《もつ》て棺《ひつぎ》を叩き割つた——その事が劇《はげ》しく心を衝いた。
昨日十二人共にやられたといふのはウソで、菅野は今朝やられたのだ。
社でお歌所を根本的に攻撃する事について渋川氏から話があつた。夜その事について与謝野氏を訪ねたが、旅行で不在、奥さんに逢つて九時迄話した。与謝野氏は年内に仏《フ》蘭《ラン》西《ス》へ行くことを企てゝゐるといふ。かへりに平出君へよつて幸徳、菅野、大石等の獄中の手紙を借りた。平出君は民権圧迫について大に憤慨してゐた。明日裁判所へかへすといふ一件書類を一日延《のば》して、明晩行つて見る約束にして帰つた。

この日記の記述の仕方から、少なくとも啄木にとって御歌所批判は大逆事件と連動していたのは明らかです。文中に見える渋川は朝日新聞の渋川玄耳《げんじ》です。折しも大逆事件の死刑執行と宮中御歌所の歌会始《うたかいはじめ》は同日にあり、翌日の新聞にはその両方が出ていました。『東京朝日新聞』では紙面構成上の偶然か、それとも何かの意図があったのか、死刑執行の記事と歌会始の詠進歌《えいしんか》が見開きで、まるで吉凶を対照するかのように掲載されていました。もしかしたらこの紙面構成自体、ある種の印象を読者に与える意図があったのかもしれません。

御歌所は和歌の伝統を守る場所であり、ロマン主義的な詩歌を展開して短歌の革新を進める新詩社とは考え方が違っていたので、歌学《かがく》論争はどこかで起こってしかるべきでしたが、この時期の攻撃計画には、もっと大きな政治目標があったということです。

しかし現実には、この時点ではその論争は起きませんでした。たまたま南北朝正閏論争が起きたため、啄木らもその世論を脇から盛り上げる立場に回り、同時期に別の議論を起こして関心を分散させるのを控えたのです。こうした経緯もまた、御歌所批判計画が歌学上だけのものではなかった傍証といえるでしょう。

社会主義詩の先駆者・百田宗治とプロ文の距離感

プロレタリア詩で先駆的な役割を果たしたのは百田宗治《ももたそうじ》でした。百田は平易な詩表現を心掛けた民衆派のひとりとして、大正一一年に白鳥省吾《しらとりしょうご》、福田正夫、富田砕花《さいか》らと共に民衆派のアンソロジー『日本社会詩人詩集』を刊行しましたが、そこに載せた「五月祭《メーデー》の朝」は、読めるのは題名だけで本文は全文削除で「ヽヽヽヽヽヽヽヽヽヽヽ」の伏字《ふせじ》羅列となっています。見方によってはシュールな視覚的表現。もしかしたらダダイスト高橋新吉の「皿皿皿皿皿皿皿皿皿皿皿皿皿皿皿皿」は、こうした検閲による削除部分の「、、、、」や「○○○○○」を踏まえてのものだったのではないか……という気もしてきます。

百田はデモクラットであり、どちらかというと白樺派的というか、賀川《かがわ》豊彦的。人道的見地から社会主義にシンパシーを感じてはいるものの、党派的運動に参加しているわけではないといった位置づけの人です。

百田は「地を掘る人達に」や「高天をめがけて」「バベルの塔」「実行者と自分」「難破者の歌」など、労働者を賛美し、彼らが切り拓く明るい未来への期待を込めた力強い作品を書きましたが、政治性に乏しい（でも詩情はある）民衆詩であって、党派的プロレタリア詩ではありませんでした。

だからプロレタリア詩が盛んになると、今度は左派から「不徹底」と批判されることにもなります。不徹底も何も、俺は別にマルクス主義に従属することが詩の使命だとは思ってないんだよ——というわけで、百田は次のような詩も書きました。

断崖（抄）

僕はプロレタリアの文学理論をよんだ。それらは僕の視野を狭める。僕の道を一本の灰色の道にしてしまふ。（かれらはそのさきに朱橙《だいだい》色の太陽を見るのだらうが、僕にはただ灰色、灰色だ。）

かれらは僕を押し出す。

——さあ断崖だ。「飛べ！

僕は飛んだ。

……僕には羽が生えた。


階級差の解消、すべての人間が平等な社会という思想の大枠ではマルクス主義に共感はしても、この主義が絶対的に正しく、その理論からはみ出した生活や思考は誤りであると指弾する教条主義（党の指示によって文芸上の表現の在り方も指導統制される）は、民衆の自由を奪うという点では、同時代のブルジョワ民本主義どころか、前近代的な儒教の訓詁《くんこ》学的支配原理のようでもある。思想理論と民衆の自由の、どちらを優先するかをめぐり、百田宗治はプロレタリア文学運動との間に決定的な断絶を感じ、飛び立つことになるのでした。

そういえばモダニズム文学の書き手として出発した堀辰雄も、プロレタリア文学を政治的には左翼だが文学的には守旧派だし、自分たちこそが文学の前衛だと自負する一方、しばしば「飛ぶこと」をめぐる詩や散文を書きました。その個体ごとの飛翔もしくは浮遊のイメージは、軍隊的隊列行進の対極に位置するものであり、かつ労働運動的隊伍とも隔たりを感じさせます。

モダニストの中にはプロレタリア文学に参加する者もいましたが、彼らも含めたモダニストの多くは、プロレタリア運動の「連帯意識」が、文学上の表現においても類型化を強《し》い、個人の表現を委縮させる傾向があると感じ、苦悩します。ある者は無理してでも党に合わせ、ある人は政治思想優先の姿勢に苛烈に反発するようになり……。

これは戦後のことですが、社会主義リアリズムの絵画で、よく労働者や農民が力強く拳を振り上げている類の絵がありました。赤瀬川源平によれば一九五〇、六〇年代の自主展覧会「日本アンデパンダン展」がまさにそうした労働運動絵画の本場で、ある時から握り拳がどんどん大きくなり、まるで画家たちが拳の大きさを競っているかのようだったそうです。あまりに巨大な拳はリアリズムではなくなり、社会主義が突出したということでしょう。

プロレタリア詩には拳の絵は出て来ませんが、代わりによく見かけるのが「！」です。たとえば林芙美子の詩「女工の唄える」は、全二四行中に「！」が六個あり、陀田勘助《だだかんすけ》の「ある日」は全二〇行中に一〇個、五十嵐久彌《きゅうや》の「必要なこと」には全三三行中に二五個。

明治前期には坪内逍遥による政治小説批判があって（多くの『政治小説』は作者が自分の望む結末を語るために作中人物を人形のように動かしており、非写実的で非近代的な御都合主義だとされました）一度は否定された悲憤慷慨調が、新たな「政治と文学」の季節に返り咲いたわけです。

内容の革命、表現の革命――萩原恭次郎

でもプロレタリア詩だって、真剣なだけに気魄《きはく》が籠っているものもあるし、表現上の工夫もありました。

革命詩人といえば萩原恭次郎。これは近代文学といえば夏目漱石——というのと同じくらいのテッパンです。何しろ恭次郎の詩は、内容はアナキズム、表現はダダイスム。どこからどこまで「革命的」でした。
例えば「日比谷」の一節はこんな具合。

屈折した空間
　無限の陥穽と埋没
　新しい知識使役人夫の墓地
高く　高く　高く　高く　高く　より高く　より高く
　高い建築と建築の暗間
　殺戮と虐使と噛争《こくそう》

日比谷は帝都の中心にあって官庁街の彼方には宮城があり、また帝国劇場、帝国ホテル、大資本のビルディングの向こうには、線路を挟んで銀座が広がっています。そしてその中間地帯である日比谷公園には演壇があり、しばしば演説会などの集会が催されました。そして右であれ左であれ、演説で煽られた民衆の高揚が沸点を超えると、焼き討ち事件や暴動や騒乱が起こるという、まことにドラマチックな空間でした。

白っぽく機能的な高いビルはモダンの象徴でしたが、同時に大資本の標《しるし》でもありました。萩原恭次郎の詩での世界では、高いビルは巨大な墓標のようです。

縊死《いし》

赤い夕日の空に――――
巨大なビルデイングが建つて
狂水病の薬瓶が砕け！
憂鬱狂の頭が割れる！
青いコーモリ傘が理・性・をかくして
遠くアメリカで
若い男女の奇妙な縊死が報ぜられる！
巴里《パリ》では老人の長い夫婦生活に飽いた縊死が報ぜられる！

北京では少女と少女の同性愛の縊死が報ぜられる！
縊死！
俺は櫛比《しつぴ》した商店街を自動車で走る！
狂笑する林檎――ヲンナの靴下
――窓の中の旋《めぐ》れるカルタとる男の眼！
高架鉄道の車輪！
空――縊死！
思ふに――赤い風船が墓場から飛び出す日ではないか？
死人が都会の雑閙《ざつとう》に見物する夜ではないか！
日本大使館にもの憂く日の丸の旗が立つてゐる日だ！

萩原恭次郎が参加した同人誌というと『赤と黒』に『ダムダム』、そして『マヴォ』など。詩誌のタイトルからして現代のそれよりも前衛的で革命的。『赤と黒』は当然ながらスタンダールではなくて、コミュニズムとアナキズムですね。

萩原恭次郎の詩の斬新さは、しかし言葉だけでは伝わりません。詩では視覚効果も大切で、優れた筆跡で書かれた漢詩や和歌や俳句も、書の芸術品として鑑賞対象ですが、印刷された詩表現では、ギヨーム・アポリネールが大胆なカリグラムを提示しました。

恭次郎の詩も、アポリネールよりは大人し目ですが（印刷所の都合かな？）、視覚的表現に工夫を凝らしています。「ラスコーリニコフ」や「広告塔！」「露台《ろだい》より初夏街上を見る」などは、言葉ではなく視覚効果で読ませる詩です。これが当時の詩文の革命的表現なのでした。

再び戦後日本美術界に類似例を求めると、「日本アンデパンダン展」の拳が大きくなっていった頃、もうひとつの無鑑査展覧会「読売アンデパンダン展」では絵画がアナーキー化したそうで、油絵の具に砂が混じり、さらに小石が混じり、ブリキや釘が打ちつけられ……と絵画のオブジェ化が過激になっていきました。恭次郎の詩は、詩の物体化であるようにも思われます。

次ページに恭次郎の詩表現の一例を引きます。「○●」からの一ページです。絵画的というか図表風というか、人間の知性を超えたシンギュラリティ以降のＡＩによる創作みたいです。

○●

〇〇を露出した戀人の顔——月經の日に
「便所」の中は百鬼夜中だ
　強　された時のやうに
●●憂鬱な薔薇の
　　　　チーンと開き放しになつてしまつた日だ！

俺ハ春ノ日ヲ墓場カラ出テ來タ
　ピストルと金貨のオモチヤ
金貨　金貨　金貨　金貨　金貨＝
軌道を外れさうなアブナイ——
太陽＝錢ダッ!!!

錢だ！　みいんな錢だ！
　一杯ガマ口につめこんである錢ぢやないか！
太陽の光りだつて錢て買へる時代だ！

機知と生活力のプロレタリア詩――小熊秀雄

小熊秀雄（一九〇一～一九四〇）は、プロレタリア文学運動の主流にいた人ではありませんが、本物の労働者、本物の非エリート、そして本物の詩人でした。

小熊は北海道小樽市に生まれ、幼少期を稚内、秋田、樺太で過ごし、樺太の泊居《とまりおる》高等小学校を卒業したのち、養鶏場などで働きました。それから独学でいろいろ学んで旭川新聞社の記者となり、詩作もはじめます。また旭川美術協会展覧会に油絵作品を出品、その後も折にふれて絵も描くようになりました。

昭和三年に上京した小熊は、出版社や業界新聞社などで働き、『国本《こくほん》』『ジャズ芸術』『実業新聞』などの編集に従事しながら、『民謡詩人』などに作品を発表。昭和五年からプロレタリア詩人会に参加しました。

当時はプロレタリア文学の隆盛期でしたが、間もなく弾圧が強まり、関係者の多くが離脱あるいは沈黙していくなか、韜晦《とうかい》や泣き言ではなく、明るい哄笑《こうしょう》の連打による現状打破を目指して、小熊は長編叙事詩集『飛ぶ橇《そり》』や『長長秋夜《ジャンジャンチユウヤ》』『偶成詩集』『逍遥詩集』『流民詩集』『通信詩集』など量的にも極めて精力的な活躍を示しました。また文壇の名士や有名俳優を風刺した詩も数多く書いています。

第一詩集の装丁を担当した寺田政明の紹介で池袋モンパルナスの画家達と交流（「池袋モンパルナス」と命名したのは小熊秀雄）。また『焼かれた魚』『或る手品師の話』などの童話や評論も執筆。さらに漫画出版社中村書店の編集顧問になると、自身も旭太郎《あさひ》の筆名で漫画の原作も手がけました。漫画家の手塚治虫や松本零士、またＳＦ第一世代の小松左京や筒井康隆は、子供の頃に旭太郎原作の『火星探検』を読んでおり、その影響を受けたと述べていて、それも私にとって小熊秀雄が特別な詩人である理由かもしれません。たしかに小熊の風刺性は、小松左京や筒井康隆のそれに通じるものがあります。

具体例を見てみましょう。

スパイは幾万ありとても（抄）

『スパイは幾万ありとても
などて怖れることあらん！』
ブルジョアの歌も
かうして俺たちの側へ模様替《もようが》へをして見ると

満更捨てたもんぢやねい。
（中略）
虱《しらみ》をつぶす快感は
何も虱を殺すための楽しみぢやないんだ。
きのふ虱がプロレタリアの血を吸つた
今日その虱しみを
ピシリとつぶす快感さ、

こうしたユーモア感覚あふれる詩は、検閲官も思わず笑ってしまうのか「××××」をすり抜けやすかったようです。また次の詩は、革命煽動のような、馬賊推奨のような、当時の日本の大陸搾取を風刺しているような、それとも鼓舞しているような、煽りつつあてこするという絶妙なラインを衝《つ》いていています。

馬上の詩（抄）

わが友よ、
戦へ、
敵のもちものは豊富だぞ――、
ぬすめ、
それぞれの大泥棒の襟度《きんど》を現はせよ、
仔馬の集団、
赤きわが遠征隊、
捕吏《ほり》の追跡、
閃《ひら》めくカギ縄マントでうけよ、
マントが脱げたら
上着でうけよ、
上着がぬげたら素裸だ、
鞍が落ちたら

裸馬だ。
すべて我々は
赤裸々にかぎる、
行手は嵐、
着衣は無用だ、
裸のまゝ乗り入れよ。
裸の詩をうたへよ。
わが大泥棒の詩人たちよ。

内容はというと、搾取されているプロレタリアにブルジョワから奪い返せと煽動しているわけですが、全体の流れが「馬賊の唄」な冒険小説風。意気軒高としていて、軍国調ですらあります。実際、本気で革命を考えるのなら、プロレタリア側は革命軍を組織しなければいけないわけで、行進曲もいれば軍歌も必要でしょう。インターナショナルの歌は軍歌ですよね。フランス国歌も軍歌だし。反戦平和運動の人たちは、あれをどう感じているのでしょうか——ということはさておき、こうした風刺性は、検閲をかいくぐるための方便だっただけでなく、小熊秀雄の本質的な持ち味でした。
それは文壇の大物たちをやり玉に挙げた文壇風刺詩でも遺憾なく発揮されています。

佐藤春夫へ（抄）

男ありて
毎日、毎日
牛肉をくらひて
時にひとり
さんまを喰ひてもの思ふ
われら貧しきものは
時にさんまを喰ふのではない
毎日、毎日、さんまを喰らひて
毎日、毎日、コロッケを喰つてゐる

横光利一へ（抄）

利一天狗は、
烏天狗、小天狗を引具《ひきぐ》し
昼なほ暗い純粋芸術山林に
エイ、ヤッ、トウ、と
枝から枝へ飛びかひ修業す、
（中略）
鰯で醤油をつくるのは
小説の中ではたやすからうが
通俗的で芸術的な小説の
新案特許《パテント》をとるには
なかなか難かしからうて。

佐藤春夫のさんまはいうまでもなく「さんま苦いか塩つぱいか」であり、横光利一の「鰯で醤油」は『紋章』のモチーフに由来していて、正鵠を射ている感じがしますが、その一方で小熊はプロレタリア文学者には甘口です。風刺が利いていて、

「平林たい子について」は〈あなたの男性憎悪症を／支持する女共は／あなたの持ち合わせの『強さ』を／こえることのできない／弱虫ばかり、〉であり、「青野季吉《あおのすえきち》について」には〈尊敬すべきは青野の吃《ども》音である。／人々は言葉多くして／真実を語らず／青野は言葉少くして／涙をながす、〉と好意的で、いつもの毒舌どこへやら。身贔屓《みびいき》がすぎて、左翼の世界でも自派閥有力者への忖度《そんたく》が大切なんだろうなあ……と思わされます。

それでも小熊の表現は鋭く本質を掴むものであり、風刺が利いていて真面目過ぎるプロパガンダ詩より心に残ります。

とはいえ時代が進んで大陸での戦局が泥沼化し、太平洋戦争まで勃発するに至ると、小熊秀雄の手法をもってしても、政府批判は不可能になります。あとは高田渡《わたる》の「自衛隊に入ろう」くらいしか手がありませんが、昭和一六年だと誰も皮肉だとは思わずに転向の一言で済まされてしまったことでしょう。若くて「自衛隊に入ろう」を知らない方は、どうか検索してみて下さい。もしかしたら、今こそ必要な歌かも知れませんよ。

第六章　恋する詩人たち——与謝野鉄幹、与謝野晶子、北原白秋、片山廣子、芥川龍之介

ロマン主義詩歌——技巧を凝らすという「正直」な恋の語り方

イデオロギーは厄介です。ぜんぜんなくてはふらつくし、頑強すぎると自他の足枷《あしかせ》になる。政治ばかりではありません。文芸の世界では、自然主義とロマン主義が二大党派で、両派は時々政権交代をしながら、文学潮流を刷新し続けました。それぞれのモットーを大雑把に括《くく》ると、「写実・自然主義・客観描写」対「抒情・ロマン主義・心象表出」でしょうか。

もちろん政権交代可能な二大党派というものは、どちらも基本的な良識《コモンセンス》を共有しており、自然主義だって心象を描きますし、ロマン主義だってリアルな描写を蔑《ないがし》ろにしているわけではありません。だから両派の優れた指導者は、相手の言い分の九九％に同感したうえで、しかしより高い達成を目指す最終的な選択局面での優先度をめぐって論争することになるのです。エピゴーネンは、そうした高みに立っていないので、イデオロギーでやみくもに他者を排除しがちです。悲しいのは、どちらの党派に属しているかという立場ではなく、その不到達です。

正岡子規は万葉調を重んじて『古今集』をこき下ろしましたが、それを額面通りに受け取ってはいけないでしょう。子規が歌句の改革を志した当時、歌の世界は近世から引き続いて古今集の価値観を神聖視する技巧派が大勢を占めていました。こうした事態に対するアンチテーゼが、苛烈な言葉となって炸裂したのです。

これは坪内逍遥が近代文学を拓くにあたって、『小説神髄』で滝沢馬琴を荒唐無稽とこき下ろしたのと同じで、実は逍遥は馬琴が大好きでしたし、後には極端に言い過ぎたと反省してもいます。

歌の世界で古今調の正統を継ぐのは佐佐木信綱でしたが、さらにロマン主義歌風を推し、技巧面で工夫を凝らしたのは与謝野鉄幹・晶子夫妻であり、新詩社に集う詩歌人たちでした。

与謝野鉄幹の歌風は豪快で質実剛健。その作風は「ますらおぶり」といわれました。ロマン主義にもいろいろあって、手弱女《たおやめ》ぶりの恋愛至上主義、耽美主義もありますが、鉄幹は冒険ロマン、叙事的歴史ロマンのほうのロマン主義が得意でした。鉄幹が十九歳の時、訪日中のロシア皇太子が襲撃される大津事件が起こりましたが、彼は国難を憂いて皇太子に慰問状を贈るような若者でした。

でも鉄幹自身はけっこう恋愛体質で、若い頃からいろいろと問題を起こしていました。大津事件が起きた頃、鉄幹は徳山女学校で教師をしていたのですが、女生徒を妊娠させるという事件を起こして退職します（子供は死産）。さらに別の元教え子と同棲。その後も跡見女学校で教鞭をとったり、新詩社を起こしたりしましたが、あちこちで艶聞《えんぶん》をふりまきました。ファンに手を出しちゃうミュージシャンを思い浮かべていただくと、だいたい状況は想像がつくと思います。

最初の妻と離別して、林滝野《たきの》と同棲。これは入婿前提で先方の親も許したのですが、鉄幹が苗字の変わるのを嫌がって逡巡しているうちに、あれこれの浮気とはレベルの違う鳳《おおとり》晶子との恋愛が生じました。二人の関係は『文壇照魔鏡《しょうまきょう》』（明治三四年三月）という書籍などに書かれて大スキャンダルになりましたが、才能込みで晶子に惚れた鉄幹が彼女を選んだことは、周知のとおりです。その後、与謝野晶子は鉄幹との間に六男六女を生むことになります。

彼らの恋歌は、しかしもちろん、現実の恋をそのまま描いたものではありませんでした。技巧を凝らし、物語に仮託していて、写実ではない。でも写実だけが真実の詩歌とも限らない。恋などというものは、ありのままぶつけるものではなく、虚構をまじえて、声を潜めて語るのが「正直」な在り方なのではないでしょうか。少なくとも私は、世界の中心で愛を叫ぶ趣味はありません。

与謝野晶子——官能のるつぼ

恋の歌となったら、もう、与謝野晶子を超える人は今もいないのではないかというくらい上手くて赤裸々。なかにはおじさんには刺激が強すぎるものもあります。

晶子の第一歌集『みだれ髪』は明治三四年八月、スキャンダル冷めやらぬ中、鉄幹のプロデュースで出版されました。これがまあ、官能のるつぼ。

『みだれ髪』でいちばん有名なのは〈やは肌のあつき血汐《ちしお》にふれも見でさびしからずや道を説く君〉だと思いますが、どうしてこれがそんなに有名なのか、私にはよく分かりません。

いくらでも過激なのはあるのに。教科書的な自主規制の結果、この歌を代表作みたいに示すということになったのでしょうか。戦時中の決定が、未だに踏襲されているのでしょうか。だいたいこれは映画でいえば予告編ですらなく、テレビの番宣番組で「面白いです。観て下さい」と言ってる女優さんみたいなもんです。揶揄《やゆ》的だし、色っぽくないし、「道を説く君」って僧侶かと思いますが、たいてい遊郭くらい行っています（独断と偏見による）。そういえば鉄幹も僧侶の家に生まれ、若い時に得度を受けています。……もしかしたら浮気性の鉄幹に対する嫌味なのかもしれません。

さて、官能的な歌です。『みだれ髪』は冒頭から〈夜の帳《ちょう》にささめき尽きし星の今を下界《げかい》の人の鬢《びん》のほつれよ〉と刺激的。いくつか紹介してみましょう。

血ぞもゆるかさむひと夜の夢のやど春を行く人神おとしめな
紫の濃《こ》き虹説《にじと》きしさかづきに映る春の子眉毛《まゆげ》かぼそき
くれなゐの薔薇のかさねの唇に霊《たま》の香のなき歌のせますな
みだれ髪を京の島田にかへし朝ふしてゐませの君ゆりおこす
乳《ち》ぶさおさへ神秘のとばりそとけりぬここなる花の紅《くれない》ぞ濃き

文字ほそく君が歌ひとつ染めつけぬ玉虫《たまむし》ひめし小筥《こばこ》の蓋《ふた》に
月の夜の蓮《はす》のおばしま君うつくしうら葉の御歌《みうた》わすれはせずよ
百合の花わざと魔の手に折らせおきて拾ひてだかむ神のこころか
このおもひ真昼の夢と誰か云ふ酒のかをりのなつかしき春

引用しだすときりがありません。このへんにしておきますが「I love you」を「月がきれいですね」と訳すのが正解だという話は、もしかしたら漱石ではなくて〈月の夜の〉の歌に由来しているのではないか——と思いたくなります。そもそもロマン派は泰西の本場からして月が大好きで、エドゥアルト・メーリケの詩文には〈君は麗し、君は月の子〉というのがあります。そのまま愛の告白ですね。

〈百合の花〉は聖母マリアの象徴であり、純潔を意味しますが、それをこのように扱うのも大胆ですね。そういえば漱石の『それから』でも、不倫に足を踏み入れる男女の気持ちを象徴する場面で百合が用いられており、この辺りには正統派の信仰図像学ではなく、十九世紀末の英国ラファエロ前派の耽美的表現の影響、また晶子と漱石の相互参照が想起されます。〈酒のかをり〉は、自分が飲んだ酒ではなく、寄り添っている男から香ってくるのでしょう。

刺激的です。なお、ここに引用したのが「予告編」レベルで、本編はまだまだすごいのありますから、ぜひお読み下さい。

与謝野鉄幹――益荒男の本性は意外とヘタレ

一方、益荒男《ますらお》ぶりの与謝野鉄幹は、戦争詩や歴史叙事詩には優れた大作もありますが、恋歌は晶子ほどではありませんでした。でも、詩にはそこそこいいものがあります。

詩を引いておきます。

女

癖のあるこそ女《おなご》はよけれ
すねるのもよい無理もよい
宵《よい》の笑顔が壱分《いちぶ》なら
泣いたまぶたに五両だぞ

ずいぶん上から目線ですね。だいたい昔の男は、女は上から見る「べき」だと思っていたところがあり、男女平等、ましてや女性上位には耐えられない弱さがありました。それが〝益荒男〟の本性です。本当はけっこうヘタレ。だから虚勢を張らないと生きていけない。「黙って俺についてこい」は「しっかり後ろから支えてね」という意味でした（だから昔の夫が妻に告げる最大の愛の言葉は「お前は駄目な男を支えるのが上手いな」でした）。

昔の女性はそれを分かっていて、夫を掌《たなごころ》で躍らせていたのでしょうが、平等になって並んで歩くとなると、男はフラフラとどこかに行ってしまうか、とぼとぼ後ろからついてくるだけ。男自身がそれに慣れて、自分の頼りなさを平気で晒すようになり、かえって女の側が苛立っているのが現代です。

並んで歩くのは、かくも難しい。男女どちらが先を歩くにせよ、たまには立ち止まって相手を待たないと、やわ肌にふれられなくなるどころか、声すら届かなくなるので気を付けましょう（以上、おじさんの反省ならびに弁解でした）。

与謝野鉄幹は優れた詩歌人でしたが、晶子の才能はそれをさらに上回っていました。鉄幹自身、それが分かるだけに、苦しい気持ちになることもあったようです。もちろん、それを浮気の言い訳にしてはいけませんが、そこはそれ、夫婦間で解決すればいいことで、外野が騒ぐことではありません。いろいろありましたが、けっきょくふたりは添い遂げました。

そんな鉄幹の、いちばん有名な詩は「人を恋ふる歌」でしょう。昔は酔ったじいさんが、よく歌ってました。でもこれ「お前は駄目な男を支えるのが上手いな」の見栄張りバージョンですよね。

人を恋ふる歌（抄）

妻をめとらば才たけて
顔《みめ》うるはしくなさけある
友をえらばば書を読んで
六分の侠《きよう》気《き》四分の熱

恋のいのちをたづぬれば
名を惜むかなをとこゆゑ
友のなさけをたづぬれば
義のあるところ火をも踏む

明治男の理想というか建前を詠った詩ですが、鉄幹の場合「妻をめとらば才たけて」が、奥さんの才能に気圧《けお》される男の悲哀をも感じさせます。

ちなみにこの時代、男は友情と恋愛のどちらを優先させるべきかといえば、友情をとるのが社会正義でした。夏目漱石の『こころ』で、若き日の先生は、親友のKと下宿の娘さんを取り合うことになりますが、先生が深い罪悪感を抱くのは、そうした社会通念があるためです。これは昭和戦前の小津映画でも共通しており、『青春の夢いまいづこ』（昭和七）では、友人同士が相手の気持ちを慮《おもんぱか》って好きな女を譲り合います。

現代では、価値観自体が違っていますね。戦後は正々堂々と取り合うのが正解となり、現代では女の子に選んでもらうのがコモンセンスというところに来ています。どれが本当に正解なのかは、ケース・バイ・ケースでしょうし、本当に「正解」なんてあるのかどうかも、実は分かりません。何しろ鉄幹は、同棲中に女を替える男、才たけた妻があっても女弟子と噂の絶えなかった男です。イデオロギーはかくも現実と隔たりがあり、だからこそ「作品」は面白いということもあるのでしょう。

官能すぎて発禁、実生活では収監——北原白秋のアブナイ世界

新詩社のロマン主義を詩の世界で代表したのは北原白秋です。白秋のロマンチックでドラマチックな詩は若者から熱烈な支持を集めましたが、ときどき過激すぎて問題になりました。白秋は木下杢太郎、長田秀雄と共に詩誌『屋上庭園』を創刊しましたが、第二号に載せた「おかる勘平」が風俗紊乱《びんらん》にあたるとして発禁となり、同誌も廃刊となりました。どんな詩か気になりますよね。今は削除部分を掲げても、たぶん大丈夫だと思います。

泣いても泣いても涙は尽きぬ、
勘平さんが死んだ、勘平さんが死んだ、
わかい綺麗な勘平さんが腹切つた……

おかるはうらわかい男のにほひを忍んで泣く、
麹室《こうじむろ》に玉葱の咽《む》せるやうな強い刺激だつたと思ふ。
やはらかな肌ざはりが五月ごろの外光のやうだつた、
紅茶のやうに熱《ほて》つた男の息、

抱擁《だきし》められた時、昼間の塩田《えんでん》が青く光り、
白い芹の花の神経が、鋭くなつて真蒼に凋《しお》れた。
顫《ふる》へてゐた男の内股と吸わせた唇と、
別れた日には男の白い手に煙硝《えんしよう》のしめりが沁み込んでゐた、
（「おかる勘平」より）

太く示した部分がアウトだったらしく、戦前の詩集にはこの行を削除したものが収録され、戦後でも単行本を底本にしているためか削除のままになっているケースもまま見られます。たしかに今でもドキリとする一行です。

白秋の作品は色彩、音曲、匂いと多様な官能表現に満ちていますが、色彩で特に目立つのは赤です。題名からして「赤き僧正」「赤き花の魔睡」「朱の伴奏」ですし、「雨の日ぐらし」には〈紅き花罌粟《はなげし》〉、「狂人の音楽」には〈赤き顔〉という具合。赤いものに目が行く性質《たち》だったのかもしれませんが、それだけでなく赤に何か象徴させていたのだと思います。

なかでも問題なのは「赤きダリヤ」です。

歌集『桐の花』「哀傷篇《あいしよう》」には赤きダリヤを詠んだ歌が頻出しますが、これは白秋の身に起こった大事件にかかわるものでした。

君と見て一期《いちご》の別れする時もダリヤは紅《あか》しダリヤは紅し
君がため一期の迷ひする時は身のゆき暮れて飛ぶここちする
哀しければ君をこよなく打擲《ちようちやく》すあまりにダリヤ紅く恨めし
紅《くれない》の天竺《てんじく》牡丹《ぼたん》ぢつと見て懐妊《みごも》りたりと泣きてけらずや
身の上の一大事とはなりにけり紅きダリヤよ紅きダリヤよ
われら終《つい》に紅きダリヤを喰ひつくす蟲《むし》の群《むれ》かと涙ながすも

何となく事情が察せられると思いますが、北原白秋には不倫関係の愛人がいました。夫と別居して隣家に住んでいた松下俊子と親密になっていたのです。懐妊は大問題。
今でも不倫はスキャンダルですが、当時の日本には姦通罪があり、刑事上の犯罪でした。先方の夫から訴えられたため、二人は獄に下ることになります。最後の唄に〈われら終に紅きダリヤを喰ひつくす〉とあるので〝紅きダリヤ〟は相手の女性ではなく、恋そのものであるかと思われます。

白秋は馬車に乗せられて収監されていきました。〈かなしきは人間のみち牢獄《ひとや》みち馬車の軋《きし》みてゆく礫道《こいしみち》〉。礫（こいし）には「恋し」が掛けられているのでしょうか。まだ余裕があります。

しかし〈大空に圓《まろ》き日輪《にちりん》血のごとし禍《まが》つ監獄《ひとや》にわれ堕《お》ちてゆく〉先は、当然ながら辛いものでした。それでも白秋は、監獄でも庭に咲いている花に憩いを見出します。赤い爪紅《つまぐれ》と赤い鳳仙花が咲いていました。だからそれらを詠んだ歌もありますが、〈あはれなる獄卒どもが匍《は》ひかがみ紅きダリヤの毛蟲《けむし》とる見ゆ〉は叙景ではなく心象風景を描いているのでしょう。バリカンで頭を刈られ、番号で呼ばれ、取り調べで面罵《めんば》嘲弄《ちょうろう》されているうちに、次第に白秋は余裕を失い、追い詰められた気持ちになってきます。精神に、やや変調を来たしている節もないではありません。

わが睾丸《ふぐり》つよくつかまば死ぬべきか訊けば心がこけ笑ひする
淫《たわ》れ歌うたひつくして泣くなめり忘れ難かりあきらめられず
鳩よ鳩よをかしからずや囚人《めしゆうど》の「三八七《さんはちしち》」が涙ながせる

ようやく先方の夫と話がつき、告訴が取り下げられると「許されたり許されたり」と胸をなでおろし、一刻も早く帰りたいと〈監獄《ひとや》いでぬ走れ人力車《じんりき》よ走れ街《まち》にまんまろなお月さまがあがる〉と逃げ戻りましたが、後に残ったのは深い後悔と自己嫌悪でした。「続哀傷篇」には〈烏羽玉《ぬばたま》の黒きダリヤにあまつさへ日の照りそそぐ日の照りそそぐ〉とあります。

獄中では別れなければならないのかと気持ちが揺れた白秋でしたが、その後、俊子は離婚が成立。北原白秋は彼女と結婚しました。本気の恋だったのですね。しかし白秋の両親は俊子が気に入らず、家が収まらなかったため、離婚することとなりました。家制度や家長の務めが、現代人には理解しがたいほど重みのあった時代でした。

「シバの女王」に譬えられた歌人——片山廣子

芥川龍之介は大正教養主義を代表する文壇のスターでしたが、その人気の何割かはルックスのおかげもあったろうと思います。イケメンです。モテました。酒は飲まなかったので、文壇人にありがちな花柳界やカフェの女性たちとの関係は希薄ですが、文学趣味のある人妻との噂が絶えませんでした。旅館の女将《おかみ》とかエキセントリックな女流歌人とか……。

そうしたことも、噂の段階ならフランスの文人みたいで「文学的」であり、かえって人気を煽るのですが、はっきり露呈すると北原白秋の二の舞です。自尊心の強い芥川は、姦通罪で収監されるのをひどく怖れ、不倫相手の夫から脅されて金を払っていたとか、「この子はあなたの子です」と言い張る女から逃げ回ったりしていたともいわれ、自殺の直接の原因は女性関係で追い詰められたためだという話もあるくらいです（遺書には「別れた女」のことなどが書かれていました）。

そんな芥川の「文学的」な愛の対象とされる女性に、歌人の片山廣子がいます（エキセントリックではない方の女流歌人）。片山は松村みね子という筆名で、ダンセイニやフィオナ・マクラウドの翻訳をしたことでも知られ、こちらもまた大正・昭和初期の教養主義的市民文化の良質な部分を代表する夫人でした。

佐佐木信綱は歌道における片山の師ですが、その翻訳については〈嘗《かつ》て夫人から聞いた言葉に、外国語を忠実に直訳して、どれほど迄《まで》にほんたうの日本語に直るか、又《また》日本語に直つて後に、原文の気分がどのくらゐ迄のこるかといふことを、熱心に研究して見やう、とのことである〉（松村みね子訳、ジョージ・バーナード・ショー『船長ブラスバオンドの改宗』序文）と述べています。フィオナ・マクラウドの『かなしき女王』を頂点とする彼女の訳業は、大正期の日本語表現に、新たな一ページを開いたと私は感じています。そしてこれは、芥川もまた感じていたことだったろうと思います。そのことは、彼女に対する芥川の態度を見ていればわかります。

ちなみに片山廣子は東洋英和に学んで英語が得意な、女性翻訳家の走りのような存在で、生まれも婚家も上層中流家庭でした。英国だと、爵位はないけどサーの称号を持つ親戚くらいはいる（ご主人も場合によってはサーの称号に手が届く）階級です。かたや小説家は、たとえ知識豊かで知名度も高いとしても、経済的にはようやく中流にとどまっているクラス。片山廣子をめぐる作家たちの視線にも、この辺りの力学が濃厚に感じられます。

しかし家庭人としての廣子は、必ずしも幸せではありませんでした。彼女の夫・片山貞次郎は大蔵官僚を経て日銀理事となったエリート（総裁の最有力候補）でしたが、結婚後まもない明治三十五年に病を発して以来、しばしば長期の療養を強いられました。そのため家族も、健康によいとされる海岸近くの閑静な辺りに住んだ時期が長く、彼女には不満でした。

また大正七年から八年にかけては、彼女自身も病を得て、しばしの入院生活を送っていました。死病ではなかったものの、夜ひとりで病室にいるときなどは否応なく「死」を意識したらしく、その経験は彼女に静かで深い変化をもたらしました。

その頃、『心の花』大正七年四月号に発表した「やみぬれば」（十二首）には次のような歌が見られます。

思ひなやみわが心いたく疲れたりやまひのためと神にわびつゝ
やみぬれば寝ても起きても身一つをいとほしむべくならひそめにし

また『心の花』大正八年一月号に載せた「茶色の犬」（十二首）より。

病みつゞけ暮れゆく年をふり返りひと日ありつるよろこびを思ふ
わがやまひ死なぬやまひと人のいへど髪落《かみお》つる時しぬこゝちする
よのなかの人のよろこびかなしみもよそぐにのこととき〻てやみつる
子らのために生きてあらむと人にいへどわがため惜しむいのちなりけり
ふたりの子いと大きなる子となりてこの母をしもあはれまむとや

どきりとさせられる歌が並びます。

廣子の第一歌集『翡翠』（大正元年）にも、たとえば〈さまざまのよしなしごとを積上《つみあ》げし生命《いのち》くづれむ日のはかなさよ〉〈ことわりも教《おしえ》も知らず恐れなくおもひのままに生きて死なばや〉〈生死《いきしに》のいのちの瀬戸に立たむ日ぞまばたきの間に思ひいづべき〉〈生くる我とゆめみる我と手をつなぎ歩み疲れぬ倒れて死なむ〉など、「死」を話題にし、思いを致した歌が見られましたが、これらと「茶色の犬」の諸作は明らかに違っています。

またケルト文学の素朴で審美的な物語性を彷彿《ほうふつ》とさせる〈やはらかき涙ながれて知らぬ間に遠世の我の帰り来りし〉〈一すぢの我の落髪《おちがみ》を手に取れば小蛇の如く尾をまきにけり〉といった歌もあります。ちなみにハロウィンはケルト版のお盆（万聖節）ですから、渋谷辺りで大騒ぎするよりも、街中の電気を消してろうそくの灯でケルト民謡を歌い、また詩歌を作って死者や自然万物の霊に思いを致すのがオシャレではないか……と思う次第です。

『翡翠』の歌は現実には死への遥かな隔たりがあることを前提として、そこに甘美な夢想や逆説的な生の煌《きら》めきが表現されていました。さらに若い時分の合同歌集『あけぼの』（明治三九年六月）には、〈よろこびて君がため死なむ女ひとりあるもあらぬもかはりなき世に〉という歌がありますが、「死」といいながら活力に溢《あふ》れており、生は揺るぎなく彼女のものであると感じられます。しかし「茶色の犬」の死は、現実そのものと化して、彼女の存在全体を飲み込まんとしている。この経験が、片山廣子を強くしました。
彼女自身の病は癒えたものの、大正九年三月一四日に夫が亡くなります。それから程なくして、「生死」と題する一連の短歌を『心の花』(大正九年七月号)に載せているので、幾首か引いておきます。

なほりなば嬉しからむと君云ひしそのほそき声夜も日《ひ》もきこゆ
あまりにもよりどころなきはかなさに枕になづみ泣かれぬるかな
花ぐもるこのくもり日をみはかべの花絶えまなく散りてあるらむ
雨ふれば雨の日をおもひ日の照れば晴れし日をおもふ君ありし日の

片山夫妻のプライベートな関係の襞《ひだ》は、余人には窺い知れないところがあります。廣子は夫のために自己の望みを抑えねばならないことがあったと漏らす一方、夫を失った寂しさを語ることもしばしばありました。そうかと思えば、自分を縛っていたものの象徴として結婚指輪を馬込の弁天池に放り投げたという話(村岡花子の回想)もある。ただしこれも、夫を厭《いと》う気持ちから出たものか、それとも夫の死を断ち切って生きてゆく決意を励ますためなのかは、私には分かりません。

怜悧《れいり》な人だから、夫の欠点も目に付いたでしょうし、男社会の不合理も見えていたでしょう。大正二年の作に〈どうでもよいどうでもなれとあきらめて衣もたゝまずゆふべはいねし〉〈女とは五人《いつたり》六人《むたり》七人《ななたり》を知りえて知りし者とおぼすな〉といった歌があり、夫君の夜遊び騒動があったことが想像されます。

しかし何よりも彼女の心をひんやりさせていたのは、法制度的にも世間的にも女性を低く見る当時の社会そのものであり、それを当然とする男たち全体のありようだったのではないでしょうか（そして、疑問なく従う女たちにも）。寡婦となってみれば、自己裁量できることが増えた一方、世間の理不尽を直接味わう場面も増えたに違いありません。

彼女がアイルランド文芸復興に惹かれたのは、それが政治的にも宗教的にも抑圧され続けてきた人々（ケルトの古代ドルイド信仰は断片的記憶をとどめるのみであらかたは失われ、その後長く人々に親しまれたカトリックも、大英帝国の国教会に抑圧された）によって、それでも歪むことなく、幽《かそ》けくも気高く綴られた物語だったからであり、現実の武力においては敗北を繰り返しながらも、心のうちでは英雄的矜持《きようじ》を失うことのなかった民族の文芸だったからではなかったか。彼女はそこに、自分自身の姿を見たのではないか――と私は思います。

芥川と廣子――その関係の襞

彼女の美しさ、知性教養の豊かさ、物静かで優雅な身ごなしといったあたりは、彼女を知る人々が共通して語るところです。しかしそれ以外のこととなると、矛盾し、食い違う証言もあります。ある人は、彼女は謎多き女だったといい、いかにも女性らしい人だったとする。その一方で、意外とさばさばした、直截さを持った人との証言もある。

だれでも多少は相手に合わせて、自分の出し方を変えることはあるでしょうが、彼女をめぐる人々の証言には、片山廣子本人を離れて、多分に周囲の人々が彼女に向けた想いが反映されていたようにも思えます。

これは〝アイドル〟の宿命で、憧れのまなざしには幻想のフィルターが最初からかかっている。人は憧れの対象を見つめるけれども、決して本当には見ていない。ただ自分の見たいものを見ているにすぎない。だからアイドルは孤独です。そのことを、片山廣子が共有し得たのは、同時代のスター・芥川龍之介だけだったのかもしれません。それはまた芥川の孤独でもあったということです(だからといって芥川の女癖まで擁護する気は私にはありません)。

廣子は『翡翠』を刊行した際、これを芥川に贈っており、芥川もそのことを記していますが、この時点では両者の関係は淡白なものでした。その後、夫を失った廣子は子どもたちを育てる一方、文学に勤しみ、彼女の家は一種の文学サロンになり、多くの文学者が来訪するようになります。室生犀星や菊池寛も彼女の賛美者でした。そして芥川との交友も生まれます。

戦後になって、片山廣子の芥川宛書簡十数通を入手した評論家の吉田精一は、二人の関係は両者自身が語っているよりも遥かに濃密だったと断定しました。吉田によると、二人は大正一三年五月以後急速に接近し、軽井沢での邂逅《かいこう》を経て、翌年にはますます親密度を高め、その後のつながりは頻度も強度も波があったものの、芥川の自殺直前まで続いたとされます（「芥川龍之介の恋人」）。

廣子の翻訳書『かなしき女王』が刊行されたのは大正一四年三月で、折しも両者の関係がひときわ緊密だったとされている最中。

同時期、芥川は『明星』大正一四年三月号に「越《こし》びと　旋頭歌《せどうか》二十五首」を発表しています。旋頭歌というのは五・七・七音二回と片歌を一句とする連なり（基本は六句）からなる古い和歌の一形態で、そもそもは問答的に相互の立場から口謡《こうよう》される、つまり相対相聞の歌だったともいわれます。部分的に引いてみます。

あぶら火のひかりに見つつこころ悲しも、
み雪ふる越路《こしじ》のひとの年ほぎのふみ。

むらぎものわがこころ知る人の恋しも。
み雪ふる越路のひとはわがこころ知る。

現《うつ》し身を歎《なげ》けるふみの稀《まれ》になりつつ、
み雪ふる越路のひとも老いむとすあはれ。

（中略）

君をあとに君がまな子《ご》は出でて行きぬ。
たはやすく少女《おとめ》ごころとわれは見がたし。

言《こと》にいふにたへめやこころ下《した》に息づき、

君が瞳《め》をまともに見たり、鳶《とび》いろの瞳を。

「越びと」とは、いうまでもなく片山廣子を指しており（彼女の出自に由来する）、「或阿呆の一生」にも「三十七　越し人」と題する次のような詩文がみえます。

越し人

彼は彼と才力《さいりよく》の上にも格闘出来る女に遭遇した。が、「越《こ》し人《びと》」等《とう》の抒情詩を作り、僅《わず》かにこの危機を脱出した。それは何か木の幹《みき》に凍《こご》つた、かゞやかしい雪を落《おと》すやうに切ない心もちのするものだつた。

風に舞ひたるすげ笠《がさ》の
何かは道に落ちざらん
わが名はいかで惜しむべき
惜しむは君が名のみとよ。

なお片山宛の芥川書簡は、廣子没後に娘・総子の手で焼却されたとされています。そうする必要があったらしいということで、文学史上、何かと詮索されてきました（一方、芥川も自殺前に処分したといわれ、『芥川龍之介全集』には当たり障りのない四通のみ載せられており、大正一三、一四年の書簡は一通も入っていませんでした）。

吉田精一の没後、件《くだん》の書簡は辺見じゅんの所蔵に帰しましたが、辺見もまた吉田説をほぼ踏襲する形で「芥川と『越し人』」「ロマネスク・片山廣子」を書きました。

ちなみに、芥川龍之介と片山廣子の間に「恋」を見たがった人の代表は、堀辰雄です。堀辰雄は軽井沢に室生犀星を訪ねた際、芥川に紹介され、さらに片山廣子とその娘総子に会っており（廣子の長男は東大での文学仲間）、堀は総子に淡い感情を抱きます。ここには師匠の「恋」を模倣するかのような雰囲気も感じられます。

しかし実際はどうだったのか。

「秘密の手紙」に書かれた二人の関係

今では芥川と廣子の書簡は富山県の「高志《こし》の国文学館」に収められており、同館紀要第一号に全文が掲載されました。それを読むと、二人の交流の親密さ、気の置けなさは十分に伝わって来ます。しかし恋愛関係なのか友情の範囲に止《とど》まるものだったのかは、私には判断がつきませんでした。私が吉田精一や辺見じゅんに比べて野暮天なためか、友人同士でもこのようなやり取りはするのではないかと思ってしまうのです。

もちろん多少の恋愛的感情は伴っていたでしょう。でも行動を伴うものではなかったのではないか。そしてプラトニックなら、それは友愛と変わらないのではないか。だいたいプラトニック・ラブは、恋愛と師弟愛・友情の狭間《はざま》というか、両方にまたがる清らかで熱烈な関係ですからね。

大正一三年九月五日付の芥川宛片山書簡には〈わたくしたちはおつきあひができないものでせうか（中略）あなたは今まで女と話をして倦怠を感じなかつたことはないとおつしやいましたが　わたくしが女でなく　男かあるひはほかのものに、鳥でもけものでもかまひませんが　女でないものに出世しておつきあひはできないでせうか〉とあります。廣子の言葉をそのままに取るなら、彼女が望んだのは男女のつきあいではなく、語り合って倦怠することのない「個」対「個」の関係だったでしょう。

このようにして会うようになった二人でしたが、その交流がどのようなものだったかは、なかなか外部には窺い知れないところがあります。吉田‐辺見は、これを恋愛関係だとしています。それを否定する明確な証拠を私は持っていませんが、片山廣子は高次での精神的結びつきをこそ望んでいたのではないか、と私は思います。

芥川は「あの人にだけは適《かな》はない」と語ったといわれ、彼女を「シバの女王」に喩《たと》えていました。もちろん芥川は、自分自身のことはソロモンに擬しています。芥川は小品「三つのなぜ」で、ソロモンがシバの女王に一度しか会わなかった理由を、惹かれながらも畏《おそ》れたからだとしています。ソロモンは多くの愛妾を持っていましたが、彼女らを精神的に支配し、知的な意味では軽蔑していました。しかしシバの女王には、知的にも精神的にも自己が支配されてしまう危惧を抱いて脅えたとしています。これが正直なところだったのではないか、と私は思います。

日本の男は（いや、日本に限らず男というものは）長らく女と対等に生きるという感覚を知りませんでした。経済的に、知的に、あるいは精神的に、少なくとも自分が価値を置く部分においてイニシアティヴを握っていると信じられる時、ようやく男は安心して女と「ふつう」に接することができるものです（また女性側も、自分をリードし得る地位なり経済力なり体力なりを持つ男を、自分に「相応しい」と判定する）。それが長らく、安心できる男女関係の基礎でした。

近代以降の作家や文学者には、男女の平等を説く者は多く出ましたが、それを真に実践できた人は皆無です。詩人たちの恋も、みんなひとりよがりです。与謝野鉄幹も中原中也もDV野郎だし、北原白秋も斎藤茂吉も不倫してます。芥川もまた、その意味では「ふつうの男」だったのでしょう。

そんな男と精神的・文学的には交流したいが、肉欲には巻き込まれたくないというのが、片山廣子の矜持だったろうと思います。

廣子の書簡は、思うことを素直に大胆に書いており、若々しく、また仮名文字中心という点で極めて女性的――漢籍に詳しくとも表に出さず真名《まな》（漢字）を避けた紫式部にも似て技巧的なほどに――でもある。でも別に媚《こ》びているようには思われません。

書簡は全一四通で、大正一三年九月から大正一四年一二月にかけてのもので、そのうちの一通に同封されていたと見られる片山廣子の歌稿「追分《おいわけ》のみち」も全文が明らかにされました。

最初の日付は大正一三年九月一日で、避暑から帰っての挨拶と追分で世話になっての礼、車代を持たせてしまったことの礼を述べたもの。ちなみに軽井沢では一月ばかり同じ宿で過ごしていますが、そこでの交流は、廣子の娘や室生犀星など「つるや旅館」の他の逗留《とうりゅう》客、旅館の主人家族や馴染みの女中などを交えたオープンなものだったことも、この手紙の文面や前後の書簡から窺われます。

続く同年九月五日の書簡には、前掲の〈女でないものに出世しておつきあひはできないでせうか〉という願いが書かれていました。次の同年九月二三日書簡では室生犀星が廣子の娘の総子について、事実と異なる話を書いた件（他愛ないものなのだが）が書かれています。

それが九月二五日の書簡では、二人の今後の関係にかかわる、いくらか踏み込んだことが書かれています。芥川の書簡が残されていないので、やり取りの全貌は分かりませんが、おそらく親しげな廣子の真意を測りかねた芥川が、問い質したか、あるいは距離を置こうとしたかしたのに対して、廣子が反駁《はんばく》している印象です。

ここで片山廣子が書いていることが、何を意味するか、またこの手紙を乗り越えて交流を続けたことの意味をどう解釈するかによって、二人が恋愛関係になったのかどうかをめぐる見解が分かれることになるでしょう。

二人の人間が一つやどに落ちあつて　ひと月のあひだこゝろよくentertainされあつた

らば　その礼をいひあつたところでふしぎはないと思ひました　今でもさう信じようとしてゐるのですが　さて　あなたのリディキユラスのお講義をうけたまはつて以来　すつかりおそれを感じ出しました　あなたのお言葉を定理としてうけいれて　さて一つ心配な事ができました　この世にもつともうぬぼれのつよい二人の人たちが二人とも揃つてもつともリディキユラスな真似をしたとして　それを知つてゐるのは当の二人だけなのです　さうするとその人たちは自分自身ををかしく思ふと同時に　先方でも自分をわらつてゐるだらうといふやうなおそれを持ちはじめはしないでせうか

冒頭でいわれているのは、軽井沢のつるや旅館で一か月ほど同宿したことを指しているでしょう。そこで両者は互いに菓子を贈りあったり、他の友人や家族も交えて誘ったり誘われたりして出かけています。軽井沢での気の置けない付き合いの延長のつもりでざっくばらんな手紙を書き、また会いたいとする廣子に対して、東京に戻った芥川は「社会通念」を説いたのかもしれません。つまり「世間体《せけんてい》があるから」と。

これに対して廣子は、芥川の気配りを〈定理としてうけいれ〉る一方、リディキユラスな自意識過剰だとし〈この世にもつともうぬぼれのつよい二人〉と往《い》なしているように、私には思われます。つまり（それはあなたの滑稽な自意識過剰です。対等に人として付き合える だろうという私の考えも、滑稽な自意識過剰かもしれませんが）といった感じかと思います。そういう形で、社会通念に従った配慮の形を取りつつ、（それを越えて付き合うということは、どういうことか分かりますね?・）という下心を交えているかもしれない芥川という「男」に、釘を刺した面もあるのかもしれない（が芥川側の書簡がないので、あくまで想像の域を出ない）。

その上で改めて廣子は〈あなたからいろいろクレバアな有益な（?・）お話を伺《うかが》ふくせがついて　それつきりおめにかゝる折がなくなりましたから　これはA氏の代りに本を友人とすれば同じやうな clever friend が持てるわけだと思ひついたのです〉と、自分が望むのはあくまで知的な関係だと伝えています。

その後、二人の交際は途切れることはありませんでした。芥川は芝居のチケットを廣子に送り、待ち合わせて観劇し（翻訳劇だと思われる）、自著の『支那游記』を贈るなどします。一方、廣子のほうも原稿を見せたり、歌を見せたりしています。彼女からのプレゼントは菓子が多かったようです。

二人がお互いをシバの女王、ソロモン王に譬えたのはこの頃です。それを意識した上で廣子は、女性を軽視するソロモンよりもダビデのほうが優れているなどと書いてもいます。こうした軽口めいたことを書くところが「恋愛」を連想させるのかもしれませんが、彼女の場合はむしろ「知的遊戯好み」といったものではないかと感じます。

そんなことより遥かに興味深いのは、大正一四年九月二九日の書簡で、廣子が〈堀口、岸田両氏の訳文よりも　わたくしのゝ方が上品だといふおはなし　上に鼻をたかくして〉云々と書いている点です。どうやら芥川は、彼女の翻訳を堀口大學や岸田國士《くにお》よりも上品だと褒めたらしい。具体的には、それがどの翻訳を指しているのかは不明ですが、時期的に見て『かなしき女王』（同年三月刊）がいちばん可能性が高いかと思います。

廣子は当初は、芥川が感心することになる翻訳書を彼には贈っていなかったようで、彼女が三上於菟吉《おときち》に贈ったものを借りて読んだのでした。それを知った廣子は〈どんなところにわたくしの本があるか分かりません　よそにおつしやるひまになぜわたくしにおつしやらないのだらうとすこしおうらみに思ひます〉と書くなど、ちょっとしたじゃれ合いがありました。

その後、廣子は『かなしき女王』の翻訳書を芥川に贈りました。さらにいうと片山廣子が所蔵し、翻訳に供した『ウィリアム・シャープ著作集』中のフィオナ・マクラウド名義作品の巻は、今では彼女の旧蔵書中に見当たらず、芥川旧蔵書中に並んでいます。これは「上品な訳文」を生み出した原本も読みたいとの芥川の願いに応じて、翻訳と共に贈られたのではないかと思われます。ちなみにその返礼として、芥川は自著ではなく『遠野物語』（柳田国男）を贈っています。

自著だけでなく、このような蔵書の贈答あるいは借与も、二人のあいだでは行なわれていたのです。これこそが廣子の〈わたくしが女でなく　男かあるいひはほかのものに（中略）女でないものに出世しておつきあひはできないでせうか〉と望んだ、男女の垣根を越えた人間同士の知的な交流だったのではないでしょうか。

芥川龍之介の愛弟子だった堀辰雄は『聖家族』のなかで、亡くなった作家の九鬼と、彼と親しかった細木夫人の秘められた関係を匂わせています。そして九鬼の弟子だった河野扁理《へんり》と細木夫人の娘のほのかな恋も。また扁理は遺族に頼まれて九鬼の旧蔵書を整理するのですが、そのなかで彼は一冊の古びた洋書（『メリメ書簡集』）の間に、古い手紙の切れ端のようなものが挟まっているのを発見しました。そこには「どちらが相手をより多く苦しますことが出来るか、私たちは試して見ませう」と書かれていました。まもなく扁理は、それが細木夫人の手跡によるものだと知る。そして〈この人もまた九鬼を愛してゐたのにちがひない、九鬼がこの人を愛していたやうに〉と考える。いうまでもなく九鬼のモデルは芥川、細木夫人は片山廣子です。

でも、これは小説です。とても美しい小説です。美しい物語が、すべて事実に基づく写実だとみなすのは、書かれた人たちの人生を蔑ろにするだけでなく、小説家の想像力を軽視することにもなりかねません。

いや、そこまで読者を誑《たぶら》かしてこそ、作家冥利に尽きるのか。でも小説は小説。感じ、想像をめぐらせ、楽しむもので、「断定する」ものではないでしょう。

第七章　犯罪幻想（ミステリ）と宇宙記号（ＳＦ）の世界

——萩原朔太郎、高村光太郎、山村暮鳥、千家元麿、三好達治、佐藤惣之助

ホラーより怪奇な萩原朔太郎

怪奇幻想趣味の詩というと、自らの作風をゴシック・ローマン詩体と称した日夏耿《こう》之《の》介《すけ》が思い出されます。日夏作品は戦後の三島由紀夫や中井英夫にも強い影響を与えました。

しかし探偵怪奇趣味ということになると、萩原朔太郎が筆頭でしょう。何しろ「殺人事件」などという作品まで書いています。

殺人事件

とほい空でぴすとるが鳴る。
またぴすとるが鳴る。
ああ私の探偵は玻璃《はり》の衣装をきて、
こひびとの窓からしのびこむ、
床は晶玉《しょうぎょく》、
ゆびとゆびとのあひだから、
まつさをの血がながれてゐる、
かなしい女の屍体のうへで、
つめたいきりぎりすが鳴いてゐる。

しもつき上旬《はじめ》のある朝、
探偵は玻璃の衣装をきて、

街の十字巷路《よつつじ》を曲つた。
十字巷路に秋のふんすゐ、
はやひとり探偵はうれひをかんず。

みよ、遠いさびしい大理石の歩道を、
曲者《くせもの》はいつさんにすべつてゆく。

ミステリという名称は、もともとは宗教的な神秘劇を意味し、それが神秘的、不可解としか思えぬ怪事件の謎を解き明かす近代以降の探偵小説でも継承されているのですが、そもそも十九世紀に探偵小説を創始したポーも、それをジャンルにまで強化したコナン・ドイルも、神秘的で怪奇な小説の作者でもありました。これは日本の江戸川乱歩も同様ですね。

萩原朔太郎の「殺人事件」は、ポーよりはもちろん後ですが、江戸川乱歩よりも早いという時期に書かれています。

河上徹太郎によると、この詩は「当時浅草で楽隊の囃《はや》しと共に封切られた全三〇巻の連続大活劇から借りたイメージ」（『日本のアウトサイダー』）だそうで、いわば映画のノベライズ。西洋では初期のトリック撮影を導入したこの手の作品が大人気で、日本でも「ジゴマ」ブームがあったことはよく知られています。詩人は共感力が高いものですが、萩原は特に恐怖や不安に対する共感力が高く、そんな映画を観ては、元になった作品自体よりも恐ろしく幻想的なイメージを生み出したのでしょう。

ちなみに一九二〇年代の日本では探偵小説の流行が見られましたが、それ以前に探偵小説的な物語は谷崎潤一郎や佐藤春夫、芥川龍之介ら、一部の純文学作家によって試みられていました。大衆的な探偵小説ブームは、大正九（一九二〇）年に創刊された雑誌『新青年』が翻訳探偵小説を頻《しき》りに載せたことで火がつき、大正一二年に江戸川乱歩がデビューしたことで日本人による創作探偵小説にも注目が集まりました。萩原朔太郎の「殺人事件」は乱歩登場の約十年前の作品です。

朔太郎にはほかにも「酒精中毒者の死」「干からびた犯罪」「見えない兇賊《きょうぞく》」などの事件性を帯びた物語的な詩、「死」や「危険な散歩」「蛙の死」など死にまつわる不気味で怪奇な幻想を帯びた作品が数多く見られます。

だいたい萩原朔太郎の第一詩集『月に吠える』（大正六）は、巻頭からしてホラーです。

地面の底の病気の顔

地面の底に顔があらはれ、
さみしい病人の顔があらはれ。

地面の底のくらやみに、
うらうら草の茎が萌えそめ、
鼠の巣が萌えそめ、
巣にこんがらかつてゐる、
かずしれぬ髪の毛がふるえ出し、
冬至のころの、
さびしい病気の地面から、
ほそい青竹の根が生えそめ、
生えそめ、
それがじつにあはれふかくみえ、

けぶれるごとくに視《み》え、
じつに、じつに、あはれふかげに視え。

地面の底のくらやみに、
さみしい病人の顔があらはれ。

この作品の原題は「白い朔太郎の病気の顔」（初出『地上巡礼』大正四年三月号）で、地面の底に現れるのは詩人本人の顔のようです。怖いですね。朔太郎のギョロ眼はただでも恐いのに、地面の底から現れたらダメです。

『月に吠える』は口語自由詩表現を完成させた画期的な詩集とされ、神秘主義的、象徴主義的な抒情性を帯びた作品が多いのですが、はっきりいって怪奇小説より怖い。高校時代に初めて読んだ時は、悪夢を見ました。特に怖そうでないタイトルでも、恐いのがあるんですよ。だまし討ちのテクニックまで使うなんて、まさに王道ホラーです。

放火、殺人、窃盗、夜行、姦淫、およびあらゆる兇行をして柳の樹下に行はしめよ。夜においで光る柳の樹下に。

そもそも柳が電気の良導体なることを、最初に発見せるもの先祖の中にあり。

手に兇器をもつて人畜の内臓を電裂せんとする兇賊がある。

かざされたるところの兇器は、その生《なま》あたたかき心臓の上におかれ、生ぐさき夜の呼吸において点火発光するところのぴすとるである。

しかしてみよ、この黒衣の曲者《くせもの》も、白夜柳の木の下に凝立する所以である。


考えてみると、柳の下には二匹目のドジョウや蛙と同じくらい幽霊の出現率が高いので、覚悟しておくべきでした。こういうあからさまな作品以外にも、よく読むとじんわり背筋が寒くなる「本当は怖い萩原朔太郎」みたいな作品が多いので、皆さんもお気を付けください。ホラーよりずっと怖いです。

詩人たちの原子力問題

萩原朔太郎は細菌恐怖症の気味があり、さらに被害妄想的というか何でも恐怖症というか、ただ人が歩いているのを見ても怖いと感じるし、強い日射しが恐いとか、影が恐いとか、コンクリートも怖いと言い出す人ですが、それだけに目に見えない危険にも敏感でした。大正四年に発表した「危険なる新光線」は放射能への恐怖を詠った作品です。

危険なる新光線（抄）

疾患せる植物及び動物の脊髄より発光するところの蛍光又はラジウム性放射線が、如何に我我の健康に有害なるかを想へ、斯《か》くの如き光線は人身をして糜爛《びらん》せしめ、侵蝕せしめずんば止まず。新らしき人類をして悲惨なる破滅より救助せしめんがため、科学者は新らたに発見を要す。

恐いですね。全文を読まれることをお薦めします。反原発運動も、これくらいの詩を掲げて戦っていただきたいと、皮肉でもなんでもなく思います。デモで「再稼働止めろー」と間延びした不快声でシュプレヒコールを繰り返していても、賛同者は増えません。理論で賛同している人は既に消極的にせよ賛同しているのだから、支持者拡大には「啓蒙」よりも「情緒」が有効。戦意高揚詩が命令的ではなく情緒的であるように、反○○運動も自己宣伝のためだけではなく真に実効性を求めて行なうなら、情動に訴えかけるのがいちばんです。

しかしプロレタリア文学の頃から、その点では左派より右派が一枚上手でした。参加者を募るのに「お前らは無恥だから搾取されている。指導してやる」とマウント取るような物言いをしてどうする。大衆を「愚かだ」と見下すことは、民主主義の否定でもある。独善は独裁への一里塚。その意味で私は、たいがいのプロレタリア文学者よりも、庶民目線の小熊秀雄や山之口貘《やまのぐちばく》を買っているのです（第五章参照）。

その山之口貘には次のような作品もあります。

雲の下（抄）

ストロンチウムだ

ちょっと待ったと
ぼくは顔などしかめて言うのだが
ストロンチウムがなんですかと
女房が睨《にら》み返して言うわけなのだ
時にはまたセシウムが光っているみたいで
ちょっと待ったと
顔をしかめないではいられないのだが
セシウムだってなんだって
食わずにいられるもんですかと
女房が腹を立ててみせるのだ

食うためには仕方がない。そういわれると、つい黙ってしまうのが戦後民主主義的です。だいたいギブ・ミー・チューインガムが靴の裏に張り付いている。「自由」も「平和」も、なるべくディスカウントで買い叩こうというのが現代日本の効率主義です。安物買いの銭失いという諺《ことわざ》が、もし忘れられているとしたら、それこそどこかの企業の陰謀のような気がします。

山之口貘は大声で正論を唱えたりはしません。女房（現実生活）に睨み付けられると小さくなってしまいます。でもあきらめず、ぶつぶつと火種《ひだね》を燻《くすぶ》らせるのが山之口です。

とはいえ政治的決断を下す前には、双方の意見を聞かなければいけません。この場合、原発推進派にお勧めしたいのは高村光太郎です。

光太郎は基本的に前向きで建設的で精力的で、だから太平洋戦争の時は「協力的」な作品をたくさん作って、戦後になるとそれを真摯に反省することになりますが、しかしやっぱり時代の流れに寄り添う人なので、昭和三一年には次のような作品を発表しています。

生命の大河（抄）

科学は後退をゆるさない。
科学は危険に突入する。
科学は危険をのりこえる。
放射能の故にうしろを向かない。

放射能の克服と
放射能の善用とに
科学は万全をかける。
原子力の解放は
やがて人類の一切を変へ
想像しがたい生活図の世紀が来る。

萩原朔太郎の放射能恐怖が怪奇小説的なら、高村光太郎はＳＦ的です。どちらが「正しい」とは申しません。ただ、原発問題で「けっきょく金だろ」みたいな下品な本音を露呈するエライ人は心を入れ替え、せめてこのくらいの品位ある言葉を使って、正々堂々と「科学が拓く未来」を語って欲しいものです。

原発反対派・推進派の双方がこれらの詩句に学んで、礼節と品格と機知のある言葉で応酬してくれれば、少なくとも耳の生活環境は向上します。だからといって両者が理解し合えることは、ないのかもしれませんが（光太郎の詩はアイロニーです。念のため）。

早すぎた実験的手法——山村暮鳥

山村暮鳥は、地方でキリスト教の伝道師をしながら詩作に耽《ふけ》るという、詩壇主流から外れたところで仕事をした人ですが、少数ながら理解し合える仲間がいて、大正三年に萩原朔太郎、室生犀星と三人で「人魚詩社《にんぎょししゃ》」を設立、翌四年に詩集『卓上噴水』『聖三稜玻璃《せいさんりょうはり》』を上梓しました。『聖三稜玻璃』は同時代には評価されなかったものの、後世の詩人たちには大きな影響を与えた詩集で、特に「囈語《たわごと》」と「だんす」がよく知られます。そしてこの二作には犯罪幻想がちらつきます。

囈語《たわごと》

竊盗金魚
強盗喇叭《ラッパ》
恐喝胡弓《こきゅう》
賭博ねこ
詐欺更紗《さらさ》

涜職《とくしよく》天鵞絨《びろうど》
姦淫《かんいん》林檎
傷害雲雀《ひばり》
殺人ちゆりつぷ
堕胎陰影
騒擾《そうじよう》ゆき
放火まるめろ
誘拐《ゆうかい》かすてえら。

だんす

あらし
あらし
しだれやなぎに光あれ
あかんぼの

への芽
水銀歇私的利亜《ヒステリア》
はるきたり
あしうらぞ
あらしをまろめ
愛のさ、も、わ、る、に
烏竜茶《ウウロン》をかなしましむるか
あらしは
天に蹴上《けあ》げられ。

萩原の詩にも不気味な語は出てきましたし、怪奇的なイメージが漂いますが、萩原作品が物語的であるのに比べ、山村暮鳥の二つの詩には、もっと即物的な異化作用があります。普通に読むと何を言っているのか分からない、異常者のいたずら書きのようでもあります。それでも「囈語」は、各行ふたつの単語の合成でなっており、上の語は犯罪名、下の語は日常的な単語で構成されています。

こうした表現は象徴主義の一種とみなされ、大正四年の時点では破調がすぎるとして黙殺され、批評されるにしても多くは否定的なものでした。でも今読んでみると、ダダイスムやシュルレアリスムの手法であるように感じられます。

ダダを創始したトリスタン・ツァラは、新聞や雑誌から任意に切り取った単語を袋に入れて、それをくじ引きのように取り出し、偶然性に委《ゆだ》ねて脈絡のない言葉を並べるという詩作実験をしていました（ただしすべてを偶発性に委ねられず、文として成立するように調整していたようですが）。「囈語」はそんな手法を彷彿《ほうふつ》とさせます。

またシュルレアリスム運動の指導者アンドレ・ブルトンは、意識を朦朧《もうろう》とさせた半睡眠状態での自動書記による無意識的創作を推奨したことがありますが、「だんす」はそうした手法との関連が空想されます。

しかし問題は、これが大正四年つまり一九一五年以前の作品だということです。ツァラがダダイスム運動を創設するのは一九一六年、ブルトンのシュルレアリスムはそれより後の一九二〇年前後から。つまり山村暮鳥の方が早い。暮鳥が未来の芸術運動から影響を受けるというのは不可能ですし、たぶんツァラやブルトンの側も、極東の無名詩人の作品を知らずに自分たちの運動を始めたのでしょう。つまりここには、東西の先端詩人たちが、同時代の社会不安を踏まえて、まったく別個に同時多発的にダダ・シュルレアリスム的なものを創始したといえるのではないでしょうか。

そしてヨーロッパでは知識層にそれらを理解しようとする努力が生まれ、また詩人たちもパフォーマンスと理論と論争で運動を大きくできましたが、日本の同時代には暮鳥の作風や社会不安に共鳴し得る人材が乏しく、彼自身も運動として展開するだけの体力気力政治力はなく（結核で九年後に亡くなります）、評価は後のものとなったのでした。

人道主義者の怪奇趣味——千家元麿

千家元麿《せんげもとまろ》は、名前からも分かるように特別な家柄に生まれました。父は出雲大社大宮司で男爵の千家尊福《たかとみ》。埼玉県知事や司法大臣も務めた人です。ただし元麿は妾腹の子だったため、思春期には鬱屈するところもあり、家出騒動を引き起こしたりもしました。

詩人としては明治四五年に福士幸次郎、佐藤惣之助らと同人誌『テラコッタ』を出し、そこに武者小路実篤の『世間知らず』を激賞する文章を書いたことがきっかけとなり、ふたりは生涯の友となります。また高村光太郎や長与善郎《ながよよしろう》とも知り合い、フュウザン会の岸田劉《りゅう》生《せい》、木村荘八、中川一政らとも親しくなりました。

元麿は白樺派の一員と目され、人道主義詩人と言われていました。実際、第一詩集『自分は見た』は、装幀が岸田劉生で武者小路実篤が序文を寄せ、第二詩集『虹』は実篤に捧げられており、人脈的にも作風的にも白樺派風の楽観的人道主義と言えるような作品が多くあります。

赤ん坊

赤ん坊は泣いて母を呼ぶ
自分の眼覚めたのを知らせるために
苦しい力強い声で
母を呼ぶ。母を呼ぶ
深いところから世界が呼ぶやうに
此世《このよ》の母を呼ぶ、母を呼ぶ。

星よ

星よ
地球の友達よ
君達の方にも人類はゐますか
君達の方の生活はどうですか

しかし時々、探偵趣味や怪奇趣味が感じられ、私はそちらの方に惹かれます。

若き囚人

S監獄の煉瓦《れんが》壁の上から
二十二三の若い囚人が
世間を覗《のぞ》いてゐる
その桃色の半面は美しく燃えてゐる。

彼の心は遠くへ飛んでゐる。

蛇

蛇が死んでゐる
むごたらしく殺されて
道端に捨てられてゐる
死体の傍《かたわら》には
石ころや棒切れなぞの兇器がちらかつてゐる

王冠を戴《いただ》いた神秘的な顔は砕《くだ》かれ
華奢《きやしや》で高貴な青白い首には縄が結《ゆわ》へてある
美しく生々した蛇は今はもう灰色に変つてゐる
さながら呪《のろ》はれた悲劇の人物のやうに
地上に葬られもしないで棄てられてゐる

哀れないたづらだ

理知的な怪奇ミステリ散文詩——三好達治

三好達治の散文詩には、幻想神秘を超えて怪奇探偵の領域に足を踏み入れているものがあります。例えば「鳥語」は、次のように始まるのです。

私の窓に吊《つる》された白い鸚鵡《おうむ》は、その片脚を古い鎖で繋《つな》がれた金環《かなわ》のもうすつかり錆《さ》びた円周を終日齧《かじ》りながら、時としてふと、何か気紛《きまぐ》れな遠い方角に空虚なものを感じたやうに、いつもきまつて同じ一つの言葉を叫ぶ。

——ワタシハヒトヲコロシタノダガ……。

鸚鵡本人が殺したのか、鸚鵡の飼い主が告白好きの殺人鬼なのかと思ってしまいますが、まだ「鳥語」を読んでいなくて真相が知りたい方は『測量船』をお読みください（と、ここはあくまでミステリ案内風にぼかしておきます）。

三好達治は萩原朔太郎の弟子で、詩形としては口語自由詩を継承し発展させましたが、内容面では探偵趣味怪奇趣味を引き継いでいます。

とはいえ三好の探偵怪奇は、朔太郎のように自己耽溺《たんでき》的ではなく、自分が直面している恐怖に対する冷徹な分析のまなざしを持っていました。理知的でいながら神秘的という矛盾が、いかにも詩人です。

だいたい三好達治は、人生をひどくこじらせています。大阪市西区西横堀町の商家に生まれましたが、父の代に家業が傾き、自身は大阪府立市岡中学校から大阪陸軍地方幼年学校、陸軍士官学校へと進むという詩人としては異色の経歴の持ち主です。とはいえ、詩人体質が軍の学校生活に合うはずはなく、いろいろあって脱走。その後、三高から東京帝国大学文学部仏文科へ進みました。

散文詩「鳥語」がそうであるように、三好の探偵趣味は、同時に神秘主義的でもあり、二重の意味で「ミステリ」です。

ミステリの原義は、先にも少し触れたようにキリスト教の秘蹟・神秘劇です。「鳥語」の発想について、詩人でドイツ文学者の阪本越郎《えつろう》は、丸山薫の初期作品「病める庭園」にみられる〈オトウサンヲキリコロセ／オカアサンヲキリコロセ〉を指摘していますが、それに加えてアポリネールの「アムステルダムの水夫」も挙げておきたいと思います。こちらは飼主を殺された鸚鵡が、その最後の言葉を繰り返す物語です。

三好達治では、ほかにも「暗い城のやうな家」や「白い橋」なども、怪奇探偵小説か中井英夫の幻想小説みたいな味わいがあります。

七五調から無韻詩、散文詩へ――朔太郎と三好の師弟対決

ところで三好達治の詩を見ていると、詩と散文の境界があいまいで私の詩文認識が不安にさらされることがあります。

日本の近代詩は七五調の文語体ではじまりましたが、近代詩人たちはどうやってその音律を新しくしていくかを模索し、また小説で言文一致が進みだした頃から詩文での言文一致、つまり口語自由詩への試みがはじまりました。北原白秋や木下杢太郎は俗謡調を導入して七五調の破調を試み、佐藤春夫は字余り気味に情感をはみ出させることで、次第に自由律へと手を広げました。

高村光太郎や川路柳虹《かわじりゅうこう》は口語自由詩への移行を示し、萩原朔太郎の『月に吠える』も「すえたる菊」や「笛」は文語調が残っていますが、「悲しい月夜」や「危険な散歩」に至って

口語自由詩確立の目標はほぼ達成したといえるでしょう。

しかし口語自由詩、まして改行なく長さもある散文詩は、小説との境が曖昧になるという宿命を抱えていました。実はこれは石川啄木には既にはっきりと表れていて、彼が「散文詩五題」として『明星』に発表した「廣野」「白い鳥、血の海」「火星の芝居」「二人連」「祖父」などはほぼ掌編小説です。もしこれをあくまで詩だというのなら、夏目漱石の『夢十夜』は詩ということになります。そう思って私は『詩人小説精華集』（彩流社）を編纂した際にこれを小説として扱いました。

しかし三好達治は口語自由詩を貫き、その詩文に思想を込めながらも小説や評論随筆とは異なる感覚的表現を維持しようと努めました。

これは三好達治にとっては、師と仰ぐ萩原朔太郎が『月に吠える』で示した道筋をさらに切り拓いていくものでした。しかしその萩原は口語自由詩が散文と曖昧になっていくことへの危惧を表明するようになりました。

萩原は『青猫』に附した詩論「自由詩のリズムについて」で〈散文詩又は無韻詩の名は、言語それ自身の中に矛盾を含んで居る。かやうな概念は成立し得ない。元来、詩の詩たる所以――よつて以てそれが散文から類別される所以――は、主として全く韻律の有無にある。〉

とし、自由詩が音楽的拍節の一定の進行を失っていることを嘆き、その一方で〈我等の詩興は感興に乗じて高翔し、ややもすれば「韻律の甘美な誘惑」に乗せられて、不知不覚の中に「口調の好い定律詩」に変化してしまふ恐れがある〉と危惧します。

萩原朔太郎は単に音律だけでなく、言葉が持つあらゆる属性――調子《トーン》や、拍節《テンポ》や、色調《ニュアンス》や、気分《ムード》や、観念《イデア》――を総合的に利用して内容音律共に備わり複雑な世界を開示する交響楽のような詩を夢見ました。しかし実作では、音律のある文語調に回帰する局面もありました。

これに対して三好は、詩語における音楽性は従属的付属的な役割しか持っていないとして批判を加え、これに萩原が「三好達治君への反問」を書き、さらに三好が「萩原朔太郎氏へのお答へ」を書くという師弟間での大議論にもなります。というか、萩原が突き付けた課題は、現代詩に至る日本の詩の重い課題となりました。

ホントにね、漢詩風の文語体や七五調の威力は凄くて、私は今回、好きだった詩をあれこれ思い出しながら本書を書いているのですが、暗唱できるのはほとんど七五調の詩ばかりで、自由律詩は断片しか思い出せませんでした。それほど七五調は日本人の言語感覚に沁みついている。あるいは若い人は違っているのかもしれませんが、では若い世代の人々は伝統的な語調の身体感覚を捨てた代わりに、自分の中から自然に湧き起こる音律を持っているか？

外来のものではなく、今だけではなく三〇年後も五〇年後も自分の心身に染みついたものとして自在に取り出せる言語表現のための音律を持っているのか？　現代日本の歌も、けっこう七五調が基礎になっているものが多く、大貫妙子も小沢健二も、私が好きな歌はたいてい七・五・五とか七・七・七・五の音律を秘めています（ときどき破調で六音が混じる）。

これは批判ではなく単純な疑問ないしは危惧なのですが、伝統を捨てることと新しいものを生み出すのはまた別で、捨てたからといってその穴が埋まるとは限らない。場合によっては、ぽっかりと穴が開いたまま、空虚であることすら忘却して荒廃だけが進むというのが、現代に至る様々な不安定や閉塞状況の深刻さです。古いとか、新しいとかではなく、自分は何を「いい！」と感じるのかを、しっかり感じて欲しいと思います。世間の〇〇ランキングとかに頼らずに。

「赤城の子守唄」だけじゃない佐藤惣之助

三好達治と並ぶ萩原朔太郎門下の詩人に佐藤惣之助がいます。今、この人の名前を憶えている人は少ないかもしれませんが、作品名を聞けば、多くの人が分かるはず。もともとは詩人なのですが、今では流行歌の作詞家という扱いなのかもしれません。

たとえば「赤城の子守唄」（東海林太郎が直立不動で歌うやつ）は、人気作曲家・竹岡信幸と惣之助が組んだ作品です。また惣之助は、古賀政男と組んで、「白い椿の唄」「白衣の佳人」「東京娘」「男の純情」などのヒット作を次々と生み出しました。阪神タイガースの「六甲おろし」も惣之助の作詞。またセンチメンタルな「湖畔の宿」や、戦時映画の主題歌「燃ゆる大空」など、時代の求めに応じた作品を幅広く作り続けました。

ちなみに惣之助の妻アイは、萩原朔太郎の妹でした。美人で有名で、朔太郎門下の若い詩人たちは、みんなアイにときめきました。三好達治も彼女に恋をして、一時は婚約までしたのですが、就職した出版社がすぐに倒産して生活の目途が立たなかったため、萩原家から破談を告げられました。

一方、人気作詞家となった佐藤惣之助の収入は萩原朔太郎よりはるかに多く、朔太郎の娘の葉子によると、兄の詩才に関心のなかったアイは「兄さんも夫みたいに売れるものが書けたらいいのに」と馬鹿にしていたそうです。とはいえ佐藤惣之助本人は、売れる詩（歌詞）が書ければそれで満足というわけではなかったと思いますが。

ちなみに惣之助は千家元麿にも惹かれており、自身の第一詩集『正義の兜』（大正五）を千家に捧げています。この詩集に収められた「我と我が戦ひ」は〈血みどりなせる正義の姿〉を歌い上げ、その洪水のような生命力は、かえって反対者をなぎ倒す戦闘的高揚が不気味さを醸すほどで、朔太郎や三好達治のそれとはまた違った怪奇なイメージすら帯びています。

私が個人的に好きなのは第四詩集『深紅の人』（大正一〇）で、そのなかの「外科医」は〈外科医は金色の人を裁《き》りさいなみ／霊に彩《いろど》られた亡者《もうじや》に青空色の繃帯《ほうたい》し〉ますし、「都会人種」は〈生ける幽霊の如く死の美に纏《まと》ひつかれ〉ています。そして「首吊《つ》り」。

首吊り（抄）

星の望遠鏡で見ると
街は螺旋《らせん》形星雲と電気の川で
家は鎖つなぎの黒枠《くろわく》の如く
その中に一個の死骸が振子のやうに動いてゐる

小さい街裏の引窓の下に

空中から垂れさがつた哀れな男は
肉製の死の旗をふり
幻の骸骨の踊り子となつた
（中略）
かれは今巷《ちまた》の精霊《しょうりょう》となり
暗《やみ》と死の兵卒の如く空中に立ち
時の振子に揺れ加はりつゝ
都会の大時計の分秒を分けてゆく

恐ろしき死の振子、骸骨の踊り子
かれは今蝙蝠《こうもり》と黒猫の友となり
鮮やかなる都会の怨霊《おんりょう》となつて
今にも電線の中を飛行するであらう

こういう詩の方が私個人は好きですが、「赤城の子守唄」の方が売れるだろうな、というのも分かりはします。街ゆく人が「首吊り」を口ずさんでいる光景は、あまり見たくありません。

さて、アイをめぐる問題は、惣之助と結婚した後も尾を引きました。その後も三好はずっと心密かにアイを思い続けたのです。そして佐藤惣之助が亡くなると、妻子を離別して未亡人となったアイと再婚を果たしました。ちなみに離別した妻は佐藤春夫の姪だったので、当然ながら春夫は激怒しました。

しかしそうまでして結婚したアイは、兄の詩を理解しなかったように、三好達治の詩業にもまったく興味がなく、戦時下の生活苦もあって互いに不満が募り、ほどなく離婚することになりました。三好達治、女を見る眼がありません。

もしかしたら彼は、アイを通してその兄・萩原朔太郎を見ていただけだったのかもしれません。いや、もちろん〝だけ〟ではなかったでしょうが、その要素も大きかったのだと思います。詩人の瞳は現実そのものを映していても、実際に見ているのは、目の前にある存在を通り越した「これではない別の何か」であることが多いのです。

「科学の抒情」は新体詩の始めから

一九二〇年代、三〇年代前半の日本では、モダニズム文学、プロレタリア文学と共に、犯罪幻想や狂気の物語である探偵小説が隆盛しました。そして探偵小説は同時に、多くは「科学」の物語でもありました。ですから先に引用した怪奇犯罪の色彩を帯びたミステリ詩は、同時に科学の詩でもあります。萩原朔太郎の「危険なる新光線」などはその典型ですね。

科学と聞くと条件反射的に「難しい」だの「夢がない」だのと言い出す人がいますが、これほどひどい勘違いはありません。難しくないとは言いませんが、少なくとも夢はある。むしろ「科学＝難しい」という発想は、宇宙とか量子とか進化とかに対する想像力の欠如が原因であり、たぶん科学者はヒッグス粒子にロマンを感じ、ゲノム解析に情緒を揺さぶられるのです。「光は粒子か波か」などという設問に、本物の詩人なら胸を躍らせることでしょう。現に宮沢賢治や稲垣足穂《たるほ》をはじめ多くの作家は「科学」を詩に取り込みました。

日本の近代詩は軍歌や唱歌にはじまったと先に書きましたが、後者には科学啓蒙詩も含まれています。日本だけでなく西洋でも同様で、ゲーテもラ・フォンテーヌも、科学啓蒙詩を知識の普及と情操育成の両面で有用だと称賛していました。

新体詩のはじまりにおいて、外山正一《とやままさかず》は次のような作品を作っています。

社会学の原理に題す（抄）

宇宙の事ハ彼此《かれこれ》の
別を論ぜず諸共《もろとも》に
規律の無きハあらぬかし
天に懸《かか》れる日月《につげつ》や
微《かす》かに見ゆる星とても
動くハ共に引力と
云へる力のある故ぞ
其引力の　働《はたらき》　ハ
又定まれる法ありて
猥《みだ》りに引けるものならず

いま読むと、上手い詩とは言えませんが、当時はこの韻律に新鮮味が感じられ、俗用調も取りながら科学知識を伝えた新味ある作でした。自他の詩文に厳しい日夏耿之介も〈今日でも「マルキシズムの原理に題す」るやうな新しい詩は現にあるのだから一概にこの明治初期の見本を笑へないはずである。〉（『日本近代詩崖見《がいけん》』）と好意的です。

そういえば漱石の『吾輩は猫である』にも、作中の苦沙弥先生が「巨人引力」という新体詩を作っている場面がありました。外山正一のパロディではなく、あんがい漱石は本気で科学啓蒙詩を作ろうとしていたのかもしれません。二十世紀初頭までは英国でも科学啓蒙詩の伝統は生きており、生物学や物理学の本の序に詩が添えられているのはよくあることでした。

宮沢賢治の宇宙論、安西冬衛の地政学

宇宙や科学をテーマにした詩人といえば、宮沢賢治を思い浮かべる人は多いでしょう。田園の詩人である賢治は、同時に天文学や鉱物学、物理学に化学の詩人でもありました。『銀河鉄道の夜』もSFファンタジーといえばいえなくもないですが、詩の方も、タイトルからして「屈折率」「カーバイト倉庫」「コバルト山地」「真空溶媒」など、科学の本の章題かと思ってしまいます。

『春と修羅』の序からして〈わたくしといふ現象は／仮定された有機交流電燈の／ひとつの

青い照明です／（あらゆる透明な幽霊の複合体）／風景やみんなといつしよに／せはしくせはしく明滅しながら／いかにもたしかにともりつづける／因果交流電燈の／ひとつの青い照明です／（ひかりはたもち　その電燈は失はれ）〉といった具合で、詩的象徴とはいいながら科学的な単語が頻出します。

　科学の詩学は二十世紀前半には普遍的なテーマだったといっていいかもしれません。室生犀星の詩にもエーテルが出てきますし、萩原朔太郎はエレキです。

室生犀星「あらし来る前」（抄）

さらさらと秋はながれゆく
草の上《へ》に　水の上《へ》に
ええてるは銀の羽虫となり
きららめきつつ
飛びかよふ

萩原朔太郎「磨かれたる金属の手」（抄）

手はえれき、
手はぷらちな、
手はらうまちずむのいたみ、

十九世紀には普遍的に信じられていたエーテル説は、古典物理学的世界像のほころびが指摘され、アインシュタインの相対性理論が登場しても、まだ完全には否定され切っておらず、イメージの世界では今も健在で、ときどきエーテルの風が吹いている作品があります。

科学主義は、新時代流にアレンジされた神秘主義でもありました。シュルレアリスムは心理学的探究という意味では本当に「科学的」でしたが、ミシンだの電信柱だの高射砲だの軍艦だの無線通信だのを詩文中に登場させるにしても、それはあくまでイメージであって、科学にではなく内的イメージの真実に厳格であろうとしました。それはまた世界地図や地政学も同様で、地理も歴史も認識の中で歪曲され、変形し、独自の像を結ぶことになります。

安西冬衛《ふゆえ》の処女詩集『軍艦茉莉《まり》』（昭和四）には、大陸への特異な認識と頽廃的幻想への耽溺が色濃く見られ、詩壇に衝撃を与えました。

夜半、私はいやな滑車の音を耳にして醒めた。ああ又誰かが酷《むご》たらしく、今夜も水に葬られる——私は陰気な水面に下りて行く残忍な木函《きばこ》を幻覚した。一瞬、私は屍体となって横《よこた》はる妹を、刃よりもはつきりと象《み》た。私は遽《つい》に起たうとした。けれど私の裾には私を張番するコリー種の雪白な犬が、釦《ぼたん》のやうに冷酷に私をデイヴンに留めてゐる。

（「軍艦茉莉」より）

耽美系の怪奇小説やテレビドラマ『ツイン・ピークス』などが好きな方には、とてもおススメです（譬えがいちいち古くてすみません）。

「軍艦茉莉」はマジック・リアリズム風の奇妙に迫力あるリアルさで、外地の港に長く逗留する戦艦の頽廃を描いています。マジック・リアリズムはガルシア・マルケスなどラテン・アメリカの作家によって大成されましたが、もともとはドイツで表現主義を批判的に継承した新即物主義（ノイエ・ザハリヒカイト）から生まれた概念で、日本でも昭和初頭には中河與一《よいち》、川端康成らが関心を寄せていました。あいかわらず作家も詩人も欧米新思潮を勤勉に学習しているのでした。

安西冬衛には「蝙蝠傘のあるタブロー」という作品もあります。これはロートレアモンの『マルドロールの歌』にみられる〈解剖台の上の、ミシンと蝙蝠傘の偶然の出会いのように美しい〉という、シュルレアリスム経由で多くの詩人に衝撃を与えた一節へのオマージュというか、返歌（返詩）でした。

稲垣足穂にも「ミシンと蝙蝠傘」があり、足穂が賞賛した少年詩人・田中啓介には「コーモリの話を縫いとった上衣」があり……と、相変わらず日本では本歌取りが盛んです。でもブルトンやマン・レイもやっていて、二十世紀という「新しいものは何もない」時代には「オマージュ」がグローバル・スタンダード化してもいました。先に引いた萩原恭次郎の「縊死」にもコーモリ傘が出て来たことを思い出していただいても結構です。ホントに皆さん、ちゃっかりした勉強家。

もちろん「軍艦茉莉」には帝国主義の現状が批判的に投影されています。安西冬衛の詩の中で、最も広く知られているのは〈てふてふが一匹韃靼《だったん》海峡を渡つて行つた。〉という一行詩ですが、これも同様です。「春」と題されたこの簡潔なアフォリズム的作品には、シュルレアリスムの神秘的驚嘆と美があると同時に、渺茫《びょうぼう》たる海を孤独に渡っていく蝶のイメージは清冽であるばかりでなく、蝶に似た満州を連想させるところがあり、極東の不穏を風諫《ふうかん》する意図が込められているとの見方もあります。

ところで安西には、もうひとつ「春」という同題の一行詩があります。

鰊《ニシン》が地下鉄道をくぐつて食卓に運ばれてくる。

前者が大陸への野心、搾取を匂わせているとしたら、こちらは都市住民による北海道などの「地方」からの搾取収奪を描いており、二つの「春」は一対となって、殖産・植民の国策が国民の日常的欲求と分かち難く結びついていることを暗喩しているでしょう。

これは現在も同様であって、たとえ貧困層や貧乏詩人であっても、先進国の住民は他地域からグローバルな収奪をして生きているのだということを指摘しているのです。そういう自覚抜きに、まるで他人事のようにひとつの時代、ひとつの事案を指弾することは、むしろ収奪の構図を隠蔽することになりかねません。

あからさまな体制批判は、当局から発禁扱いや検挙される危険が高いために、この時期の他の詩人が書いた散文詩作品にも、類似の、政治的表現の幻想化・ミステリ化がしばしば見られます。

丸山薫は「朝鮮」で、弱小国の運命を魔物に襲われる姫に喩え、壺井繁治「頭の中の兵士」は、詩人の頭に逃げ込んだ脱走兵と憲兵の攻防を描いていました。小熊秀雄は多くの風刺詩・風刺コントを残していますが、そこにはしばしばSF的な表現や探偵小説風のサスペンスが見られます。そのことが結果的に、彼らの表現を巨視的にし、当時だけでなく現代の（日本だけでなく他国のそれをも含めた）覇権主義や国策的宣撫《せんぶ》工作への批判となっているといえるでしょう。

これに対して稲垣足穂や北園克衛《きたぞのかつえ》は、政治性そのものを無視することで、あらゆる権力志向を無化するかのような、軽やかなコントや詩篇を書き綴りました。足穂は小説家ですし、今も多くの作品が文庫で読めるのでいちいちは触れませんが、『一千一秒物語』の諸篇、特に「カールと白い電燈」などは散文詩としても優れています。

足穂といえば星・幾何学・少年がマスト・アイテムですが、北園克衛にも同様の傾向がみられます（モダニストは皆だいたい機械好きですけれども）。『円錐《えんすい》詩集』には「軽金属の頸《くび》とその眼球の紫のガス」「水晶の踵《かかと》の見えた明白な襟飾《えりかざり》の少年」「聡明なまたはフラスコの中の曲線」「硝子のリボンを頸に巻いた少年の水晶の乳房とそのおびただしい階段」「望遠鏡地帯のやはらかな機械の影」「硝子の夜の少年の散歩」「透明な少年の透明な少年の影」「天体の雪に光つた光輪の中の天使の瞳あるひは真珠の頬」などといった機械主義的抒情感たっぷりのタイトルが並んでおり、メカニカルにして耽美的。北園が描く科学少年の夢は、あくまで乾いていて、眩しいほどきらきらしていました。

第八章　抒情派の季節、あるいはロマネスクすぎる詩人たち

――中原中也、立原道造、堀辰雄

抒情派はいつも五月

子供の頃、少女漫画が好きでした。「少年漫画は絵が汚い」という理由で母が買ってくれず、少女漫画はＯＫだったせいです。ただし手塚治虫の『ジャングル大帝』と『リボンの騎士』は可。そんな母が女学校時代は宝塚ファンだったと知ったのはだいぶ後のことですが、そういうわけで小学生の私は『別冊マーガレット』系列の和田慎二や美内《みうち》すずえ、三原順で

育ち（山田ミネコさんのSFマンガも好きだった）、のちに『少女コミック』の萩尾望都《もと》や、大島弓子に傾倒することになるのですが、前者からデュマやディケンズ、後者からトーマス・マンやプルーストへの距離は、けっこう近かったように思います。もちろん抒情派詩歌の世界も。

抒情派の詩は、とにかく美しい。煌《きら》めいている。エグい嫉妬や失恋をテーマにしていても、表現自体が美しいのでぜんぜん不快感がない（ただし切なくはある）。赤裸々にして美しいのが、青春抒情詩の凄いところです。

ところで詩人は、なぜか五月が大好き。特に抒情派には五月の詩が多い。五月というのは人生でいうとハイティーンでしょうか。その初々しさと不安定さ、そして浮かれ具合というか甘さがまた、とても少女漫画的であり、思春期的であり、大人からしてみたら自分の「汚れつちまつた悲しみ」が身に染みるところです。

もちろん五月以外の月が詠われていないわけではありません。中原中也には「六月」、山村暮鳥には「十月」という詩もあり、抒情派の王子様・立原道造の「草に寝て……」には「六月の或る日曜日に」の副題があります。それでもやはり断然、五月が多いイメージ。泰西ではバラの咲く五月が詩文の春なので、日本の近代詩でも、初春の梅や四月の桜という伝統はあれども、やはり五月は特別扱いなのでしょう。「五月になったらロマンチックなのを作ろう」と待ち構えている感じ。あるいは、五月の詩は誰でも抒情派になる、と言い直してもいいかもしれません。

伊良子清白《いらこせいはく》「五月野《さつきの》」（抄）

五月野の昼《ひる》しみら
瑠璃囀《るりてん》の鳥なきて
草長《くさなが》き南国《みなみぐに》
極熱《ごくねつ》の日に火《も》ゆる

蒲原有明《かんばらありあけ》「皐月《さつき》の歌」（抄）

雲は今たゆらにわたる、
ああ皐月、——雲の麝香《じゃこう》よ、

麦の香もあたりに薫《くん》ず、
麦の香の波折《なおり》のたゆた。

三木露風「去りゆく五月の詩」（抄）

去りてゆく五月。
われは見る、汝《いまし》のうしろかげを。
地を匐《は》へるちひさき蟲《むし》のひかり
うち群るゝ蜜蜂のものうき唄
その光り、その唄の黄金色《こがねいろ》なし
日に咽《むせ》び夢みるなか……
あゝ、そが中に、去りゆく
美しき五月よ。

木下杢太郎「五月」（抄）

五月が来た。郊外を夕方歩きや
家家の表《おもて》で藁《わら》を燃《も》すにほひ、
林の櫟《くぬぎ》に新芽《しんめ》が出《で》、
葉茶屋《はぢやや》に新茶、
浴衣《ゆかた》の新荷、

高村光太郎「五月の土壌」（抄）

五月の日輪はゆたかにかがやき
五月の雨はみどりに降りそそいで
野に
まんまんたる気魄《きはく》はこもる

富永太郎「晩春小曲《ばんしゅんしょうきょく》」

五月のほのかな葉桜の下を
遠き自動車は走り去る
わが欲情を吸収する。
堀ばたの赤き光塔よ。
埃立《ほこりた》つ道に沿ひて
兵営の白き塀は曲りゆくなり。

みなさん、いろいろ工夫しています。
それにしても昔の人の青春は、美しいですね。本当に美しかったのかどうかは知りませんが、かくも美しく描かれているのは、とても羨ましい。同世代にこういう詩人がいてくれると、人生の後半に至って将来に夢が見難くなった頃、自分の過去を美化できます。
こんなことは大声でいうものではありませんが、たいていの中高年は、自分の過去を忘却もしくは美化しています。そうでもしないと恥ずかしくて生きていられないようなことがいろいろ堆積《たいせき》しているわけですが（ここは老人を嗤《わら》うのではなく、各自共に、自らの過去現在を正直に顧みる場面ね）、自分の過去を思うにあたって、こうした詩を導入する人は、少なくとも「世の中、金だよ」とか「近頃の若い奴らは……」みたいにはなりません。

青春抒情詩は暴走老人の自発的矯正にも役に立つ、と私は思っています。まあ、その代わり、「窓際ですか」と言われるような枯れ方をしてしまうわけですが。

感情ダダ洩れ——中原中也

「はじめに」で、詩は金にならないと書きましたが、そもそも詩人は金もうけに関心がない。本を買ったり花を買ったり食事をしたり、使いはするので金は必要ですが、「儲けるためには何でもする」というようなガツガツした気持ちはない。自己のすべての時間を、金にならない詩に捧げたいのが詩人です。

例えば中原中也。詩がすべて。あの生き方をしたいとは思いませんし、親は気の毒とも思うのですが、その一方で畏敬の念は禁じ得ません。

中原中也の父は医者で、息子にも医師になることを望みましたが、中学時代に文学に目覚めた中也は、別の道を歩むことになります。これは佐藤春夫、萩原朔太郎も同じです。だいたい地方で知的生活を営んでいるのは、地主や商家として経済力を維持している旧家、でなければ医家か教育者の家庭くらいなので、どうしてもそういうことになります。地主・造酒屋系は長塚節、北原白秋、中村憲吉、野口雨情などが典型的。

地元の名門中学を留年しそうになった中也は、「学校を辞める」と言い出し、父親も留年を恥と思ったのか転校を許して、京都に向かいます。ここで自由になった中原中也はダダイスムと出会うことになりました。

自称ダダイストとして出発した中原中也を「抒情派」に括るのは、本人が聞いたら嫌がるかもしれませんが、不満で化けて出て来たら二、三発は殴られてもいいから聞きたいことがあるので出て来て欲しいものだ——ということで、堀辰雄を中心とした詩誌『四季』に参加している中也は、私にとっては抒情派です。

もちろん世間的には、中原中也が活躍した詩誌といえば『四季』ではなく『白痴群《はくちぐん》』でしょう。『白痴群』は昭和四年四月、中也と交友関係にある河上徹太郎、阿部六郎、村井康男、内海誓一郎《うつみせいいちろう》、古谷綱武《つなたけ》、富永次郎、安原喜弘《よしひろ》、大岡昇平が集まり、十円ずつ出し合ってはじめた雑誌でしたが、同人《どうじん》間には最初から温度の差がありました。

原稿の集まりの悪いため、中也は苛立ちます。それもあって酒を飲むと仲間に絡み、罵倒したあげく喧嘩になって、たいていは自分の方が道に転がる――という多少オーバーな伝説が広まりました。

大岡昇平は歳下ということもあり、最初は殴られてもやり返さずにいましたが、中也がかさにかかって罵倒し暴行する質《たち》だったため、方針転換して、罵られたら先に殴るようになったそうです。腕力で負けたせいか、中也は詩文でも大岡を罵倒しました。深酒する者同士のせいか、太宰治も痛罵し（「おめえ何の花が好きだ」と尋ね、太宰が「桃の花」と答えると「だからおめえは……」と罵倒の嵐だったのは有名です）、坂口安吾と喧嘩しては往《い》なされ、小林秀雄は理論ではなく情念でやり込め、でも女は取られた中也……。

この凶暴さは、何なのでしょうか。

私は暴力的な人間は苦手なのですが、中也の暴力には、何だか切実な、相手に縋《すが》りつくような思いが感じられもし、だから彼になら殴られてもいいかな、とちょっと思ったりします。

中原中也の詩には、美しさや繊細さだけでなく、どろどろした愛執や、幼い子どもを失った絶望感などが生々しく刻まれており、そうした精神写実の強度の上に、抒情が建立されています。中原中也の傑作をあげろと言われたら、「サーカス」「汚れつちまつた悲しみに……」「骨」「夏の夜の博覧会はかなしからずや」などをお薦めすると思います。いずれも現実の悲しみを基調とし、そのさらに底に神秘主義的なものも感じられる作品です。

それでも私は「中也で好きな詩は？」と言われたら、「一つのメルヘン」や「別離」をあげることになります。もっとも、「夏の夜の博覧会はかなしからずや」はかなりセンチメンタルで抒情的ですが、そもそも私は幼い子どもが死んでしまう話が大の苦手。読み返すたびに涙ぐんでしまいます。おじさんは涙腺が緩いのです。

夏の夜の博覧会はかなしからずや（抄）

夏の夜の、博覧会は、哀しからずや
雨ちよと降りて、やがてもあがりぬ
夏の夜の、博覧会は、哀しからずや

女房買物をなす間、かなしからずや
象の前に僕と坊やとはゐぬ、
二人蹲《しやが》んでゐぬ、かなしからずや、やがて女房きぬ

三人博覧会を出でぬ、かなしからずや
不忍ノ池《しのばずのいけ》の前に立ちぬ、坊や眺めてありぬ

そは坊やの見し、水の中にて最も大なるものなりき、かなしからずや、
髪毛風に吹かれつ
見てありぬ、見てありぬ、かなしからずや
それより手を引きて歩きて
広小路に出でぬ、かなしからずや

広小路にて玩具を買ひぬ、兎の玩具かなしからずや

もうダメです。これ以上写せません。中原中也は愛息子《まなこ》・文也《ふみや》を三歳（満年齢だと二歳）で失い、しばらく精神の安定を欠く状態に陥りました。無理ありません。悲しいです。この詩の最後の一行〈その時よ、紺青《こんじょう》の空！〉の青さの、何とカラリと悲しいことか！

中原中也のダダは「感情駄々洩れ」のダダ。中也本人なら五発殴っていいです（ほかの人

はお断りです、念のため)。

こうした切実な作品は、素晴らしいけれども愛誦するにはあまりに辛い。

だから私は、同じ中也でも次のような詩の方が好きです。好きというか、寂しさは漂っているものの、安心。

一つのメルヘン

秋の夜は、はるかの彼方《かなた》に、
小石ばかりの、河原があつて、
それに陽は、さらさらと
さらさらと射してゐるのでありました。

陽といつても、まるで珪石《けいせき》か何かのやうで、
非常な個体の粉末のやうで、
さればこそ、さらさらと

かすかな音を立ててもゐるのでした。

さて小石の上に、今しも一つの蝶がとまり、
淡い、それでゐてくつきりとした
影を落としてゐるのでした。

やがてその蝶がみえなくなると、いつのまにか、
今迄《いままで》流れてもゐなかつた川床に、水は
さらさらと、さらさらと流れてゐるのでありました……

宮沢賢治的なモチーフを、立原道造風に描いた感じですが、別に直接的には影響関係があるわけではないでしょう。やはり中原中也自身が抒情派なのです。

立原道造——秩序と清純の格調、あまりに清らかな恋

中也の「一つのメルヘン」は、四・四・三・三の一四行で書かれたソネットですが、この

形式の名手といえば立原道造です。この古い詩形を用いて、立原は数多くの、ロマンチックというより乙女チックと言いたくなるほどに綺麗で抒情的な世界を作り上げました。

昭和初期、口語自由詩はふつうの表現になっていましたが、その分、散文との境界があいまいになっており、詩ならではの格律をいかに構成するかが問題になっていました。記号を多用して物語性への収斂《しゅうれん》に抗した萩原恭次郎も、詩文にしか合わない難漢字を多用した日夏耿之介も、視覚効果を狙った点では、詩の散文化への強い危機意識を共有していたといえるかもしれません。

立原はソネット様式で表現を規制することにより、却って内容の自由度をあげようとしました。これは若くして建築家としての才能も認められていた立原らしい発想かもしれません。建物を美しく、かつ暮らしやすくするためには、まず構造をしっかりさせる必要がある。ところけそうに甘い立原の詩は、きちんと図面が引かれ、構造計算されてもいたのです。とはいえ、その表現はあくまで軽やかで、甘く、美しい。

作品のいくつかを、第一連だけ紹介してみます。

はじめてのものに

ささやかな地異《ちい》は　そのかたみに
灰を降らした　この村に　ひとしきり
灰はかなしい追憶のやうに　音立てて
樹木の梢《こずえ》に　家々の屋根に　降りしきつた

虹とひとと

雨あがりのしづかな風がそよいでゐた　あのとき
叢《くさむら》は露の雫《しずく》にまだ濡れて　蜘蛛の念珠《おじゆず》も光つてゐた
東の空には　ゆるやかな虹がかかつてゐた
僕らはだまつて立つてゐた　黙つて！

虹の輪

あたたかい香《かお》りがみちて　空から
花を播《ま》き散らす少女の天使の　掌《てのひら》が
雲のやうにやはらかに　覗《のぞ》いてゐた
おまへは僕に凭《もた》れかかりうつとりとそれを眺めてゐた

……「立原道造を好き」とおじさんが言うとたいていの人が引く理由が、これでお分かりいただけたと思います。あまりにも美しく、あまりにも有情可憐（「はじめてのものに」なんて火山灰を詠んでいるのに）。立原を指して「乙女系」という人もいるほどです。

でも立原道造は本気です。実人生もこんな風な人でした。小さな、何気ない美しさに敏感で、自らも真に清らかにあろうとし、短い人生をその通りに持した、ほぼ少女漫画の主人公みたいな存在。ミッチーとお呼びしたい。モテたのに童貞（たぶん）。そして少々BL。彼を主人公にした少女漫画がないのは不思議です（もしかしたら、ありますか？　ご存知の方、御一報ください）。

立原の短い生涯には、いくつかの恋がありました。ただしそれらの多くは高原の景色の中でのみ繰り広げられた物語的な「夏の恋」でした。昭和一〇年前後から、堀辰雄は軽井沢町の追分の旧脇本陣・油屋で夏を過ごすようになっていましたが、彼を慕う若い作家や詩人も集まり、またそれとは別に帝大生ら学生たちもよく避暑に来るようになっていて、夏の追分には軽井沢とはまた一味違った知的若やぎが見られました。立原も昭和九年から追分で夏を過ごすことになります。

主たる目的は堀辰雄たちと過ごすためでしたが、ここでさらに別の出会いがありました。油屋と並ぶ大きな旅館の孫娘（父は弁護士）である関鮎子との出会いです。彼女は知的にも優れた女性で、ふたりは仲良く話すようになりました。しかし鮎子には既に婚約者がおり、ふたりの関係は周囲が呆れるほど清らかなままでした。それでも立原は『鮎の歌』などの物語を書いています（ここにはまた別の女性の面影の投影もありますが、そちらもまた淡く清いものでした）。

翌一〇年七月、立原は再び追分を訪れますが、この時は鮎子の姿は見られず、堀辰雄も婚約者の矢野綾子に付き添って富士見の高原療養所に入っていて不在でした（のちに『風立ちぬ』のモチーフとなる出来事です）。鮎子は八月中旬になって漸《ようや》くやってきますが、この間に立原は、松竹少女歌劇のソプラノ歌手・北麗子と出会っています。この夏の追分は彼女を中心にした学生たちのグループでひときわ華やいでおり、立原もその一員に加わったのです。

立原は彼女に惹かれましたが、麗子も後年「浴衣姿の青年は、まるで初めて広い世界に連れ出された、可憐な仔鹿のように、オドオドと臆病そうな眼つきで、じっとこちらを見つめている。愛らしい目だった」と回想しており、当初から好感を持っていたようです。

しかしこちらもまた、楽しくはあったけれども清らかな、具体性を欠いた恋でした。だからこそ立原のなかで、鮎子と麗子、あるいは別の女友達のイメージはより純化され、共にソネットや短い小説に昇華されて刻まれることになります。

それでも別れに際して、ある女性は立原に水晶の十字架を贈り、自身が親の決めた結婚をすることになると、手紙と十字架の返還を求めるのですが、立原は「捨てた」と答えました。しかし水晶の十字架は、立原の死後、その机から見つかった——ともいわれています。

運命の師弟——立原道造と堀辰雄

このように立原道造の生涯には、清いものの恋の風情がいくつかあり、それが詩や小説のモチーフにもなっていますが、それに加えて師匠である堀辰雄との、師弟愛・同志愛の清冽さにも興味深いものがあります。

日本橋の商家に生まれた立原道造は、府立三中、一高、帝大と進んだ秀才でしたが、この道筋は芥川龍之介や堀辰雄と同じ経歴です。堀は中学時代には理系少年で数学者を夢見て一高では理系に進学、ここで同学年にいた神西《じんざい》清《きよし》と出会って文学に目覚め、大学では国文科に進むことになります。

一方、立原も天文学者を夢見て一高で理系に進み、こちらはそのまま理系を通して大学では建築科に進みました。建築は工学的な構造計算と技術的裏付に加えて建築デザインの美的センスも求められるジャンルで、立原にはその両方が備わっていました。在学中に新進建築家の登竜門である辰野賞を三度も取っています。

立原がはじめて追分にやってきたのは昭和九年七月二五日のことでした。立原はその一年ほど前に、東京の堀辰雄宅を訪れて面識を得ていました。この出会いの時から、ふたりは互いに特別な近しさを感じていました。

最初に立原道造を見た時、堀辰雄はひどく驚いたそうです。背が高く痩身で理知的で、見るからに繊細な青年——それはまるで師・芥川龍之介が若返って生き返ったかのようだ、と感じたのです。一方、立原からすれば、堀は憧れの作家でした。立原にとって堀辰雄は、研ぎ澄まされた詩のような美しい小説を書く稀有《けう》の存在でした。その小説は不純物のない水晶のようであり、詩にほかならない――そう思っていました。

堀辰雄を賞賛を込めて詩人と呼ぶ人は多く、室生犀星も晩年に「詩人・堀辰雄」を書いています。そういえば松村みね子も「堀さんは詩人だから」と回想していました。ただしこちらには「だから現実を見ずに美化してばかりいる」という皮肉も、少し入っている気がしますけれども。

ともかく立原道造と堀辰雄は、運命的な惹かれ合い方をして結ばれた師弟でした。堀辰雄は実際に若い頃は詩も書いたのですが、それは早々に断念し、小説に転じていました。そんな堀にとって立原の詩は、自分が書けなかった心の真実の詩文、あまりに繊細で筆に乗せるのもためらわれるような少年の純真さを爽やかに描き切る「本物の詩人」でした。だから堀は、立原の詩作品に対してはあまり口を出さず、いつも褒めています。

立原が第一詩集『萱草《わすれぐさ》に寄す』を出した際には、堀辰雄は〈君をいつも一ぱいにしてゐる云ひ知れぬ悲しみを歌つてゐるが、君にあつて最もいいのは、その云ひ知れぬ悲しみそのものではなくして、寧《む》ろそれ自身としては他愛もないやうなそんな悲しみをも、それこそ大事に大事にしてゐる君の珍らしい心ばへなのだ。さういふ君の純金の心をいつまでも大切にして置きたまへ〉（「夏の手紙――立原道造に」、『新潮』昭和一二年九月号）との賛辞を呈しました。「純金の心」が立原道造の美質だと堀はみていたのです。

そもそも『萱草に寄す』は私家版で小部数が作られ関係者に配られた詩集なので、そのまま埋もれかねないものでした。それを自分たちの詩誌『四季』ではなく『新潮』で大々的に紹介しているのは、堀辰雄の厚情です。

その一方で堀辰雄は、立原の小説には、時として厳しい批判を加えていました（こちらは公開ではなく、もっぱら私信で）。

例えば立原道造に「緑蔭倶楽部」という習作小説があります。二人の少年と老人の、詩と自己の確立をめぐる物語で、この小説に描かれた二人の少年は、共に詩を愛する友達ですが、趣味を同じくする親友はライバルでもあって、詩への関心と克服をめぐって複雑な戦いを心のなかでしています。著名詩人の作品への理解や傾倒を競う一方で、そこからの脱却や、何なら「詩」などという空想の世界を捨てて、学問やスポーツなどの「男らしい現実」に目を向けるのが、健全な大人への道なのではないかという迷いも語られます。そんな揺らぎを抱えた少年達の前にあらわれた、森の中の私設図書館のような家と、いつまでも詩に囚われている老人……。彼らの微妙な競い合いや、将来への不安からくる性急な苛立ちを癒すのは、緑の景色とココアの柔らかな味わい、そしてやはり「詩」なのです。

この小説は、今は『立原道造全集』で読めますが、立原道造は昭和九年八月の時点でこれを完成させていたにもかかわらず、生前に活字にすることはありませんでした。『立原道造全集　第3巻』（角川書店、昭和四六年）の解説では、〈未発表となったのは堀辰雄の忠告に従ったものと思われる〉と注記し、昭和九年九月一一日付の立原道造宛堀辰雄書簡を引用しています。そこには、〈君の『子供の話』を読んだ　これは大へん好い　満点を上げる　かういふものやこの前の『間奏曲』のやうな〔もの〕に君の良い素質が出るのだ　そのこつをよく呑み込んで『緑蔭倶楽部』のやうな愚劣なものは書かぬやうにしたまへ〉とあります。

小説にも本格的に取り組もうとしていた立原は、作品を書く毎に堀辰雄に教えを乞うていました。堀辰雄は毎回、懇切に批評指導しているのですが、「緑蔭倶楽部」には厳しい評価を下しました。その理由が私にはよく分かりません。私はこの小説が結構好きです。堀が賞賛する「間奏曲」は、より散文詩的、感覚的な美しい作品ではあるものの、小説的構成は「緑蔭倶楽部」の方が整っており、その衒学趣味《ペダントリー》や引用好きは堀辰雄譲りともいえます（「緑蔭倶楽部」というタイトルは萩原朔太郎の詩集『蝶を夢《ゆめ》む』にある同名の文語詩に由来します）。もしかしたら堀辰雄は、自分に似すぎていると感じたからこそ、独自性を重んじよと戒めたのかもしれません。

堀辰雄を「詩人」と呼ぶ立原道造

立原道造には「詩は」と題した作品があり、〈詩はイスの上で眠つてしまつたのだ〉と詩を終始擬人化しているのですが、もしかしたら「詩」は「師」なのではないかという気がします。一部引用します。

夜の部屋のあかりのなかで詩は
目をパチパチさせながら小さい本をよんでゐた
それは僕の書いた小さい本だつたが
返してくれたのを見るとそれに詩が罰点《ばつてん》をつけてゐた

立原作品にはっきり罰点を付けていいのは堀辰雄だけです。その立原は小説を書こうとし、現にいくつも書いていますが、長編を書くことは遂にできませんでした。美しい詩のような言葉で長編を書き切ること。ひとつの世界を完成すること。それが立原の大望で、しかしそれがどうにも難しく、苦しんでいる時に、師・堀辰雄の『風立ちぬ』が世に出ました。これは立原道造に破壊的なまでの衝撃を与えたようです。

弟子が一人前になるには、師と決別する時期を持たなければなりません。強く惹かれる分、師の模倣ではない「自分だけの世界」を確立する努力は辛いものとなります。好きだからこそ、師は大きな壁ともなります。強く惹かれる分だけ、師を強く否定しなければならない。この苦しみを乗り越えたものだけが、模倣者ではなく本物の創作者になれるのです。

昭和一三年、立原道造は「風立ちぬ」と題した「風立ちぬ」論を『四季』第三七号（六月）、第三八号（七月）、第四二号（一二月）の三回にわたって連載しました（ややこしいので以下、立原の評論「風立ちぬ」は「風立ちぬ」論、あるいは単に「論」と記します）が、その中で立原は、かなり歯に衣着せずに批判的なことも書き、かつ堀を終始〝詩人〟と記しました。また敬称略を貫きました。学術論文なら敬称なしが当然ですが、随筆的な評論ではいくらか挑発的な印象も受けます。堀と立原の師弟関係は誰もが知るところでしたからなおさらです。

立原はもともと、詩こそ美しいですが、けっこう毒舌なところがあり、仲間の詩を激しく批評することもありました。『四季』周囲の人々のなかには、立原の論の内容はさておき、その書き方に懸念を抱いた人もいて、忠告したり、堀辰雄が怒らないかハラハラしたりしたようです。

堀辰雄は、これを読んだ時たしかに一時は怒ったようです。しかし立原の「風立ちぬ」論が何を意味するかを冷静に理解するほどには大人でした。堀辰雄自身は芥川龍之介が早く亡くなったために、師と対立する局面を体験せずに済みましたが、「自立」の意味をよく理解していました。芥川の死後、堀は〈自分の先生の仕事を模倣しないで、その仕事の終ったところから出発するもののみが、真の弟子であるだらう〉（「芸術のための芸術について」）と書きました。そんな堀は、『風立ちぬ』を拒むかのような立原の「論」に一瞬は戸惑ったものの、直ぐに気持ちを静めて、最後まで（いや、立原の死後も）彼を温かく見守ることになります。もしかしたらそうした師の余裕ある態度が、いっそう立原を辛い気持ちにさせたのかもしれませんが……。

「風立ちぬ」論では、『風立ちぬ』だけではなく、「眠っている男」や「ルウベンスの偽画」「不器用な天使」「美しい村」「聖家族」「恢復期《かいふく》」「眠り」「即興」など、堀の小説の全作品が精読され、分析されています。今ならすべて全集で読めますが、当時は入手困難な作品も含まれており、立原がいかに堀作品に惹かれていたかが分かろうというものです。

たぶん立原道造は、自分が『風立ちぬ』のような小説を書きたかったのです。それが立原道造の「風立ちぬ」論の粘着質な批評と分析、そして苛立ちと悲しみを湛《たた》えた文体の理由だと私は思います。

どうしたら堀辰雄の詩小説のような作品が書けるか、立原道造はかねて〝研究〟していたのでしょう。しかしそんな立原道造の前に、『風立ちぬ』が現れました。自分の分析を超える小説。それこそが立原が夢見て掴むことのできないでいた作品でした。超絶的な詩的小説！

立原は『風立ちぬ』に囚われました。

自分が、こういうものを書きたかった。でも堀先生が先に、しかも完璧な形で書いてしまった。何を書いても、この小説を超えるのは難しい。これからは何を書いても、その亜流になってしまう……。これは師を強く慕う弟子なら、誰もが経験する感情です。しかも立原と堀は近すぎた。似すぎていた。これは悲劇です。

そもそも弟子は「師匠の作品のようなものが書きたい」と憧れているからこそ弟子になります。当然、立原道造は「堀辰雄みたいな小説」が書きたかったのでしょう。でも、それでは「堀辰雄の猿真似」にすぎず、「堀辰雄のような作家」にはなれない。

「堀辰雄みたいになる」ということは、堀辰雄がそうだったように、たとえ構造やシーンは誰かの作品に似ていても（ジャン・コクトーをパクったりしています。まあオマージュですね）、出来上がった作品は人々をハッとさせる清冽さを持ったオリジナリティある世界を作り上げること。それが「作家になる」ということです。でも、どうしても師匠を模倣してしまう自分の作品……。立原道造は、無理やりにでも堀辰雄と距離を置く必要に迫られていました。そしてそのことに、誰よりも深く傷ついてしまうのが、立原道造です。

立原道造はこの頃、次のような詩を作っています。

巣立ち

——堀辰雄氏に

誰と私は似てゐるのだらう
そしてそれは何の知らせだらう
私はいつかよく知つてゐた　そのことを
だがもし思ひ出すならば……

私は持つことの出来ただけの不幸を
そのかはりに　かがやきとあの平和を
そして　あかりの消える夜の一ときに
しづかにあれに捧げよう　あれを立ち去らう

もう私はすつかりひとりだ
私みづから私は風に濡れてゐる

立原の焦燥と、「盛岡行き」の傷跡

立原道造が焦り、苛立っていた背景には、もう一つ大きな理由がありました。自分の生命が長くはないと薄々感じていたのです。立原は結核にかかっていました。堀辰雄も結核で、共に体も弱い質でしたが、堀には自己を厳しく管理する能力もあり、体調の悪い時はどんなに会いたくても友人や弟子を遠ざけてひとりで体を休め、またこつこつと読書や執筆を積み上げるといった忍耐強さを持ちあわせていました。

しかし立原は、文学仲間が身近にいると、つい楽しくて話が止められず、後から熱を出す。

また好きな女の子と会っている時もそうで、つい無理をしてしまう。そして寝込むという、その繰り返し。

だから立原は、昭和一三年の夏、堀辰雄やその友人や弟子たちが集まる追分を離れて盛岡に行きました。ここでひとりきりになって、他人にペースを乱されることなく創作に専念しようとしたのです。自分の生涯をかけた作品を書こうとしたのです。

ところがそこに野村英夫がやって来てしまいました。野村はもともと立原の友人で、立原が堀辰雄に紹介した詩人仲間です。二人は親友といってもいい仲だったのですが、野村には勘の鈍いところがあり、それがこの時の立原にはとても疎ましく感じられました。

一方、野村の側は堀辰雄に強く憧れ、立原のことを同世代の本物の詩人として尊敬していました。野村も追分には病気療養で来たのですが、繊細病弱ぞろいの堀辰雄門下では相対的に健康で、それだけに少々他人の気持ちの分からないところのある、いわゆる「いい奴」でした（そういう元気で迷惑な「いい奴」って、あなたの近くにもいませんか?）。

野村は立原が好きで、会いたくなったので盛岡にやって来る。そして友達が来たら拒めないのが立原です。実際、嬉しくないわけでもなかったのでしょう。でも元気な野村に付き合っていると、病弱な立原はへとへとになって「創作に取り組む」という計画は滅茶滅茶になってしまいます。そんな生活が二週間。遊ぶだけ遊んで満足した野村が引き上げると、立原は盛岡で寝付いてしまいます。

その時の立原道造の気持ちは「盛岡ノート」に記されていますが、勿論リアルタイムでは公表されておらず、野村はしばらく気付かずにいました。

あはれな僕の日々よ　あんなにもゆたかに　美しかつた　その追憶をすら信じられない　けふ僕は　はじめて　このノートをよみかへす　しかし　いま　僕は乏しく　みじめだ　あまりに！

ここできづき得ただらう今とは別のくらしがある　それ踏みにじつたN　僕はNを憎みながら　なにもなし得ない
夢みられたばかりで　とげられなかつた仕事　それを　僕は　おまへにささげることも出来たのだ

いま　Nは無恥な顔で粗暴に梨を食べてゐる　しかも　自分が僕にとつて何であるか

を知らずに
僕の持つてゐるこのにくしみ――これをすら　僕には　Nに　投げ与へ得ない
僕の愛する平和のためにのみ　また　僕自らにかへつて来る傷をおそれるためにのみ
しかし　僕もまた　あまりに　日常的　あまりに　臆病ではないか！

§

彼を無視することで　彼を隔てられはしまいか　しかも　彼はつねに　外部と僕との間にその顔をはさむ　あたかも　虫歯のなかに　腐肉があるやうに　そして僕の眼は彼の萎《な》へた横顔のあちらに　僕の愛する風景を見る　この彼を無視することで　ふたたび僕は　自由をとりかへし得るだらうか
だが　この彼を拒むことを僕から拒んでゐるものは何か！

僕は　あまりこの問題にとどまりたくない　僕のためにも　おまへのためにも
僕のここでのくらしは乏しくなつたとはいへ　まだ　きづき得るのぞみはすてない
別の仕方で　とげられただらう　ここでの成就のかはりに　このあはれな日々を　僕

の涙は　かざつてやる　僕ら共通の　ねがはれるしあはせのために……
すべては　むなしかつた　と　いはねばならぬときに　僕がこの旅に出て　いつか四
週間に近い日が　ながれてゐる　それを僕は　肯定する　すでに！　と——だがあの無
恥な少年へのにくしみと復讐はかんがへまい

立原がこの苛立ちをぶつけ、泣き言を語れる相手は堀辰雄先生しかいませんでした。というわけで、堀辰雄から独立しようとして批判的な「風立ちぬ」論を発表しているその最中、立原道造は堀辰雄に錯乱気味の長い手紙を書くのでした。昭和一三年一〇月一九日付・盛岡発の堀辰雄宛書簡がそれです。

この手紙は〈長いことおたよりをしませんでした。／お仕事をなさつてお出でですか。／僕はあたらしい仕事をいまからはじめようとおもひます。（中略）それにかかるまへに、あなたの今までのお仕事の意味が、僕をふかくとらへてゐます。どんな仕方でか？　僕はむしろにくしみで！　とおこたへしなければならないのです。「風立ちぬ」との対話は、たうたう僕をそこへみちびきました〉という弟子が師匠に出したとは思えぬ、不穏な書き出しを持っています。そして、こんなことを言い出します。

あなたにも、僕にも、共通の不完全と醜がある。しかしそこから脱《ぬ》け出さうとしてゐることは正しい。しかし、その不完全と醜とだけでそれにささへられて生きてゐる者がゐたら、あなたはどうなさるか？　あなたはイロニカルな愛し方をすることが出来る。そしてかつて僕はそのイロニイをまなび得る。あるひはまなぶことに、愛を信じ得た。しかし、はつきりといまは僕はそのイロニイに耐へない。こちらよりもむかうが残酷に強いとき僕の愛が真実でなければ、自分のイロニイ自体が僕を苦しめる。更に相手はもつと強い拷問だ……僕のあわただしい崩壊がどこにあるか――僕は幾日も幾日もたたかひつづけた。しかしたうたう敗《ま》けたのだ、と告白します。

このあたりの感情には、立ちふさがる師匠の大きさと、厚かましく無神経な友人に対する怒りが、入り混じっているように思います。「盛岡ノート」を先に覗いている私たち現代の読者なら、時系列通りにそれが理解できます。しかしこの時点では、立原が野村に対してどんな感情を抱いているかを、堀も知りませんでした。話の半分は、堀には理解できない事柄だったでしょう。

また『風立ちぬ』を読んで立原が打ちのめされたのも、堀のせいではありません。堀辰雄だって、綾子を失うという辛い経験をし、自身の病苦と戦いながら命がけで『風立ちぬ』を執筆したのです。一度書き上げた原稿が旅館の火災で焼失し、茫然自失から気力をふり絞ってひと冬山籠《やまご》もりして再度書いたのです。なのに勝手に「僕とあなたは似ているのに、僕はあなたみたいにはなれない。なり得ない。何だかいろいろ壊れちゃいました」と怒られつつ泣きつかれる堀辰雄は、まことにお気の毒。しかも立原のメンヘラ大爆発は、まだ延々と続きます。

僕は今までこの世が僕になすままをなすところなくうけいれて来た。忍耐もせずに——僕が去つたらあなたはどうなさる？　……僕は信じてゐる、あなたの崩壊を。それを信ぜずに、僕はあなたの愛を信じ得ない。あなたの「風立ちぬ」から、僕の「風立ちぬ」に何も奪ひ得ない……

拗《こじ》らせてますねえ。「汚れつちまつた悲しみ」の中原中也も相当なものですが、立原の「汚れることの出来ない悲しみ」も悲痛です。

最初にこの書簡を読んだ時、私は師匠に対して〈僕は信じてゐる、あなたの崩壊を〉とは、なんて失礼なんだろうと驚いたのですが、齢を経て読み直してみると、立原がいかに堀辰雄を慕っているかも伝わってくるようになりました。立原自身は既に〈僕のあわただしい崩壊〉と書いていて、つまり「僕はこんなに壊れちゃってるんですから、先生も壊れてくれますよね？ そうじゃなくちゃ、あなたの愛を信じられませんよ（僕はそれくらい愛しているんですよ）」と言ってるんですよね。さすがは永遠の童貞です。メンヘラ度が半端ではない。下手したら無理心中案件です。

さらに立原はこの手紙を〈死なない方がいいとだけは、このごろ、しみじみおもつてゐます。では、さようなら。／お身をお大切に〉と結びますが、書き足りなかったのか、P.S.としてさらに原稿用紙八枚分を書き足し、ようやく気持ちが収まったのか〈では、また近いうちに東京でお会ひ出来る日を待ちながら。僕は、これから東京へかへります。〉と記して、ようやく筆を擱《お》きました。

何だか一晩中友達の愚痴メールに付き合わされて、夜が白々と明けてくる頃、こちらはヘロヘロになっているのに、「死にたい」とか言ってた相談者の方が、元気に「朝マックに行ってくる」と送信してきた感じです（すみません。見栄を張りました。私が若かった頃はメールではなく電話でした。電話で友人の死にたい話を一晩中……というのが、何度かありました。青春だなあ）。

これだけの手紙を受け取りながら、立原に懇切な態度を取り続けた堀辰雄が、私は大好きです。そして素直にすべてをぶちまけ、それでもどうしようもなく師匠のことが大好きな立原道造のことも。

立原は病床に伏し、設計事務所のマドンナである水戸部アサイの献身的な看護を受けながら昭和一四年三月二二日に亡くなりました。立原が努めて女性と清らかであったのは、医師から宣告を受ける前から自分の結核を疑っており、愛する人への感染を恐れたためだったのかな……とも想像されます。

死後も続く師弟愛、もしくはプラトニックな三角関係

詩人の死はひとつの終わりであって、すべての終わりではありません。ここから新たな詩人の生命が始まります。それだけに、いろいろと生者を振り回すこともあります。

立原の死後、堀辰雄はショックから体調を崩しながらも追悼号の手配をし、少し体調がよくなったら遺族の相談に乗って立原の旧蔵書売り立ての段取りをし（少しでも多くの金が遺

族に入るように、またなるべく文学仲間に買ってもらえるように、諸方に連絡して売り立て会の集客に尽くし）、立原道造の全集刊行にも奔走しました。

最初の立原道造全集は、昭和一六年、純粋造本の美しさで定評のある山本書店から刊行されることになり、堀辰雄の許で『四季』の仲間たちが編集にあたりました。その際、野村英夫は「盛岡ノート」の記述を読み、はじめて立原の気持ちを知って強いショックを受けました。

お前はもっと早く気付けよ！　と思わないでもないですが、立原は表面上は（そして何割かは本心から）野村を歓迎しており、野村にとって盛岡の夏は、二人の楽しい思い出となっていました。それがまさか……。野村が泣き言をいう先は、やっぱり堀辰雄先生でした。

野村英夫は自分が受けた心の痛手と後悔の念を連綿と書き送りました。堀辰雄は立原没後の早い時期に「盛岡ノート」を読んでおり、全集出版計画を手伝っている野村もすでに知っていると思っていたので驚き、慰めと訓戒を込めた情のある返事を書きました。


君自身でそれを与へたとは少しも気づかなかつた傷が数倍になつて、いま、君に返つてきてゐるのだ　いま君がどんなにつらく思つてゐるか、よく分かる　だが、すべてを悪くとるな、あのとき君が悪かつたのでもない、立原だつて悪かつたのではない、ただあのとき互《たがい》に孤独でゐるべきものが誤《あやま》つて一しよにゐた事が悪かつただけなのだ　いまから考へると、ただ君のまちがひは、あのとき一人でゐることに我慢できずに立原のところまでいつたのがいけなかつた、又立原も一人きりでゐたかつたのなら、最初の日に君を拒まなかつた気弱さを自分に許したのがいけなかつたのだ、――それだけの事なのだ、君はそれを君自身の罪過《ざいか》のやうに考へるのはまちがひでもあるし、立原がそんなことをいつまでも根にもつてゐたとは考へられない、事実又君に手を差し伸べてゐたではないか（中略）寧ろ君が君の傷をもつと純粋に苦しむことが出来るやうに――何とかみんなで努力して見よう

さすがは堀辰雄。大人で人格者です。体は虚弱だけれども精神は柔軟にして強靭、そして高潔。この強さの部分が、立原道造には欠けていたのでしょう。この時、堀辰雄は三六歳。あるいは立原道造も、その年まで生きていたら、純粋さに加えて強靭さも身に着けられたかもしれません。しかしそれは叶わぬことでした。立原は二四歳で死んだのですから。

なお堀辰雄は野村英夫を「野村少年」と呼んで可愛がっており、多恵子夫人も〈家族の一

員のようだった〉と後に回想しています（堀多恵子『堀辰雄の周辺』）。その一方で〈友人たちに聞く野村少年は、なかなか頑固で我儘《わがまま》だったようだ〉とも記しています。実際、野村は堀夫妻のことは敬愛し、買い出しや使い走りも進んでし、がたつく椅子の修理や鳥小屋作りなども器用にこなしました。その一方で、他の弟子に対しては横柄なところがあり、『四季』の編集でも自作を強く推して顰蹙《ひんしゅく》を買うこともありました。それでいて、喧嘩したばかりの友人に、自分の作品を読んでもらいたがるなど、無邪気というか何というか……。

それでも堀辰雄信奉は心からで、堀が川端康成の別荘をひと冬借りて山籠もりし、『風立ちぬ』を書き続けた際には、志願して同居し、薪割りなどを一手に引き受けました。もしかすると立原道造が『風立ちぬ』に過剰反応した一因は、「僕じゃなくて野村が傍にいた時にこんな素晴らしい作品が……」という気持ちがあったのかもしれません。堀辰雄の方も萩原朔太郎や三好達治へのリスペクトのある「緑蔭倶楽部」をディスってましたしね。

師弟愛には多少ＢＬ臭が漂うことがありますが、堀辰雄周辺にもそれが感じられます。だいたい堀辰雄自身、若い頃は室生犀星や芥川龍之介に寵愛された人でした。犀星周辺には美青年が多かったそうで、朔太郎から〈堀辰雄は若殿様みたいで、君のまわりの人はみな美青年が多いのは、君の好みでそうなるのだよ〉と揶揄され、後年に〈萩原のいうことに間違いはない〉と認めています。ただし犀星のほうも〈萩原は堀に会うときに、ふつうの文学青年に会うような邪魔くさい眼をしないで、いわば女の人につかうようなためらうような〉眼で見ていたと暴露しています。

しかし堀辰雄といえば芥川龍之介。堀は芥川のお稚児さんだという噂が立ったことがありましたが、この時、芥川夫人が「堀さんにも失礼だ」と怒ったという話はよく聞きます。でも芥川・堀両当事者が怒ったという話はあまり聞きません。うーん。揃いも揃って……。

具体的に何かあったわけではないでしょうが、若者にとって尊敬する師匠から特別扱いされれば嬉しく、師匠の方も才知に加えて容姿もいい若者から慕われれば悪い気はしない。そもそもプラトニック・ラブすなわちプラトンの愛は、そういうものでした。

ところでプラトニック・ラブというと、私は「男女間に本当の友情は成立するのか」という古い問いを思い出します。現代なら「成立する」の一言で済む話ですが、昔は無理だと思われていました。それは男女間に肉欲問題があるからではなく、知的対等性がネックだったのだと思います。

この時代、男女間には大きな教育格差があり、帝国大学のような正式の大学には、女性は入ることはできませんでした。つまり知的な対等関係が、男女間では困難。だから精神的に対等な「本当の友情」は成立しないと思われていたのです。

その一方で、肉欲抜きの精神的愛情――つまり「本当の友情」は年齢差にかかわらず成立し得る。しかも師弟間だと礼節という美徳までそこにはある。堀辰雄周辺にみられた師弟愛は、本当に理想的な意味でプラトニック・ラブだったのだと私は思っています。

中原中也は大人だ（ろうか）

さて、中原中也に戻ります。中也というと、繰り返しますが連想されるのは酒と喧嘩です。そして毒舌。でも中也は相手を罵倒しているつもりはなかったのかな、とも思います。

中也としては単に率直な感想なのです。でもそれだけに相手は、より深く傷つきもしたでしょう。容赦ない正直は愛。しかし愛は時に人を傷つける。オブラートに包むことを知らない中也は、とても〃子ども〃で、残酷です。中也に「懐中に短刀を入れてる子供の図」を感じると述べたのは萩原朔太郎です。さすがは強迫観念や被害妄想の苦痛を抱えた同士で、よく分かっていらっしゃる。

中原中也と立原道造は『四季』の仲間でしたが、興味深いのはこのふたりが、別の意味で子どもであり、大人であったという点です。立原は病気で休職がちではあるものの帝大出の設計家として将来を嘱望される存在で、設計事務所に勤務する社会人でもありました。

一方、経済的自立という点では中原は〃子ども〃のままでした。しかし中也は女性関係では〃大人〃。まあ純粋な人が揃っている詩人のなかでも、立原ほど少年らしい純粋さを保持していた人は絶無なので、彼に比べたら宮沢賢治も稲垣足穂もみんな大人なのですが、中也は少なくとも大人の世界を悩み、大人の恋を苦しみました。

有名なのは同棲していた新劇女優の卵・長谷川泰子が中也の暴力に耐えかねて、親切にしてくれた小林秀雄の許に走った一件です。泰子は本名を小林佐規子といい、中也より三歳上ながら、彼と出会った頃は世間知らずで、最初は中也の「泊めてやる」という言葉を額面どおりに信じて転がり込み、関係を迫られたのだと後に述べています。しかし泰子の側も嫌いではなかったようで、そのまま同棲生活に入りましたが、何しろ中也の最大の関心事は創作。泰子は自分が蔑《ないがし》ろにされていると感じる局面も多かったようです。

そんな中也の住まいによく訪ねて来ていたのが小林秀雄でした。小林は女性に親切なところがあり、横暴な作家や芸術家の恋人である女が、小林に救いを求める事態が複数回起きています。そうした場合、元の相手が小林の友人知己なだけに一同の心境は複雑なものがありました。この辺りの機微について白洲正子は〈中原中也の恋人を奪ったのも、ほんとうは小林さんが彼を愛していたからで、お佐規さんは偶然そこに居合せたにすぎまい。(中略)このことは同性愛とは何の関係もないもので、男が男に惚れるのは「精神」なのであり、精神だけでは成立たないから相手の女(肉体)がほしくなる〉(『いまなぜ青山二郎なのか』)と穿《うが》ったことを書いています。

あるいは中也の側にも、恋人より友人を重んじる気持ちがあり、それが女と別れても友とは別れなかった理由なのかもしれません。もちろん、泰子をとられた当初は荒れますが、中也自身が「わが生活」という散文に書いているように、泰子が小林の許に引っ越しする際には手伝っています。しかし泰子はほどなく小林とも別れ、その後、別の男性といっしょになりました。

そんな修羅場な出来事を体験している中也ですが、作品はなかなかに美しい。

例えば「憔悴」などは、眩《まばゆ》いばかりのポエムです。

昔　私は思つてゐたものだつた
恋愛詩なぞ愚劣なものだと

(中略)

けれどもいまでは恋愛を
ゆめみるほかに能がない

それが私の堕落かどうか
どうして私に知れようものか

腕にたるむだ私の怠惰
今日も日が照る　空は青いよ

この青空は五月の空です。実際に中也がこの体験をし、詩を作ったのが冬なのか夏なのか、そんなことは関係なく、この感情は人生の五月のそれです。抒情派はいつも五月。それは春の終わりであり、夏のはじまりであり、永遠に続く、失われた時間です。

そういえば立原道造が水戸部アサイにちなんだ散文作品「物語」を書いたのも〈五月のことだった〉そうです。それが事実かどうかの詮索はどうでもいいのであって、ともかく五月なのです。

こうしてみると、中原中也も立原道造と同じくらい純情。時々、この二人の詩を混同している人がいて、首を傾げていたのですが、時代も作風も近いといえば近い。堀辰雄を尊敬していた点も共通します。絡み屋の中也も、堀辰雄にだけは絡んだことがなかったそうです。

言い換えると中也は、堀辰雄以外には絡んでいるのであり、立原道造にも絡みました。『四季』の集まりの折、例によって酒に酔った中也は、立原の作品の甘っちょろさをあげつらい、しきりに「ガボリイ野郎」と罵ったそうです。しかししらふのまま、中也の言い分を素直に聞いている立原の前では、中也の罵倒も暖簾に腕押しの風情で、しだいに尻すぼみになっていきました。数日後、立原道造は堀の書斎を訪れ、ジョルジュ・ガボリイの詩集を読み、「なあんだ、ガボリイって随分いい人なんですね」と安心したように言っていたそうで、この素直さには中也も形無しだったでしょう。

ちなみにガボリイの詩は、堀口大學の『月下の一群』にも八編収められており、今でも文庫で読めます。いずれも四行三連の一二行詩で、個人的には「酔つた小鳥」と「造花」が殊に好き。私にはガボリイは、立原と中也の中間に位置しているように思われます。中也もけっこうなガボリイ野郎です。

永遠を胸に抱いて「さよなら」

堀辰雄は『立原道造全集』刊行のほかに、もう一冊、立原道造のための本を作っています。それは堀辰雄自身の二篇の詩を収めた『堀辰雄詩集』でした。

立原の死後、堀辰雄は家族ぐるみで付き合いのある画家・深澤紅子《こうこ》のアトリエを訪れた際、立原が堀の二篇の詩を書き写し、それを手製の小冊子に仕立てていたことを知ります。そのことを立原は、一度も堀に話していませんでした。

堀辰雄は、詩は若い頃に断念し、小説家になって久しく、生涯、詩集は出さないつもりでいましたが、「立原道造が好いてくれていたのなら、出してもいい」という気持ちになります。こうして生まれたのが、『堀辰雄詩集』でした。

『堀辰雄詩集』　山本書店刊　昭和一五年一〇月二五日刊
限定一八〇部（うちA版三〇部、B版一五〇部）A版には深澤紅子肉筆水彩画一葉・肉筆ならびに手彩カット挿入、堀辰雄識語小色紙入
A版B版共に立原道造宛の著者献辞葉書（印刷）別葉添付

戦前に刊行された堀辰雄の初版本には一〇〇部とか二〇〇部の限定出版が多く、また明治から戦前にかけての詩集も全般的に、今では稀覯《きこう》本で高価なのですが、なかでも『堀辰雄詩集』A版は、その美しさと稀少性でひときわ名高いものです。

ちなみにA版の記番一番本は立原道造の遺族に贈られました。その一番本に添えられた堀辰雄の識語は次の言葉でした。

ああそれは何んといふ幸福な運命であらう。先祖代々の家の、物静かな部屋に坐つて、家付の落ちついた家具に取囲まれながら、まぶしいほどの新緑の庭で山雀《やまがら》が啼《な》きかはしたり、又、遠くの方で村の時計の鳴るのを聞いたりしてゐるのは。さうやつて坐つて、午後の温かな日ざしを眺めながら、昔の少女たちの話を沢山知つてゐて、そしてしかも詩人であるといふのは。

これはリルケの『マルテの手記』の一節を堀が訳出したものですが、まるで立原道造のための言葉のように感じられます。堀辰雄はこの言葉を、立原の短い生涯は決して不幸ではなく、詩人としては至福の美しいものだったと、自他に言い聞かせるために選んだのだと私は信じています。

なおこの一番本は、後にモダニズム詩人の竹中郁《たけなかいく》の所有するところとなり、堀辰雄の思い出と共に大切にされました。竹中は桐函《きりばこ》を作って本を収めていたのですが、その函の内蓋には〈飛白《かすり》の単衣《ひとえ》が／よく似合った人の／これは唯一の詩集〉と記されています。

詩人たちは、かくも恥ずかしいほど美しい物語を、現実にこの世に残します。大岡昇平は堀辰雄が亡くなった後、堀を「少女趣味」と散々こき下ろしますが、いいじゃないですか少女趣味で。オヤジ趣味よりだいぶマシです。中原中也なら「大岡、テメエは詩が玩具にしか見えねえ奴じゃねえか。玩具で遊ぶことも出来ねえくせに、いいから黙って金と遊んでろよ」と面罵する場面です。まあ、大岡は大岡で、自分が乗り越えたい相手を罵倒せずにはいられない難儀な性格。困ったものです。

そういうわけで本章の最後は、立原道造でも堀辰雄でも竹中郁でもなく、中原中也のセンチメンタルな詩の引用で閉じたいと思います（なお中原中也は立原道造の死に先立ち、昭和一二年に三〇歳で亡くなっており、この詩は立原の死を悼んでのものではありません。逆に立原が中原中也を偲《しの》んで「別離」という散文を書いています。このタイトルは中也の詩「別離」を意識したのかな……と思ったりします）。

別離（抄）

さよなら、さよなら！
いろいろお世話になりました
いろいろお世話になりましたねえ
いろいろお世話になりました

さよなら、さよなら！
こんなに良いお天気の日に
お別れしてゆくのかと思ふとほんとに辛い
こんなに良いお天気の日に

さよなら、さよなら！
僕、午睡《ひるね》の夢から覚めてみると

みなさん家を空《あ》けておいでだつた
あの時を妙に思ひ出します

さよなら、さよなら！
そして明日《あした》の今頃は
長《なが》の年月見馴れてる
故郷の土をば見てゐるのです

さよなら、さよなら！
あなたはそんなにパラソルを振る
僕にはあんまり眩《まぶ》しいのです
あなたはそんなにパラソルを振る

さよなら、さよなら！
さよなら、さよなら！

第九章　直情の戦争詩歌、哀切の追悼詩歌

——北原白秋、三好達治、高村光太郎、折口信夫

勝ってるあいだはみんな元気——萩原朔太郎・北原白秋・三好達治

昭和一〇年代に大陸での戦火が広まった頃から、詩人たちが書くものも変わってきました。感傷的なものが発表し難いという外圧に加え、詩人自身も時代の空気に感応した結果、威勢のいい詩を書くようになります。

萩原朔太郎は昭和一二年の南京陥落の際に、祝詩を作っています。

南京陥落の日に

歳まさに暮れんとして
兵士の銃剣は白く光れり。
軍旅《ぐんりよ》の暦は夏秋《かしゆう》をすぎ
ゆうべ上海を抜いて百千キロ。
（中略）
ああこの広野に戦ふもの
ちかつて皆生帰《せいき》を期せず
鉄兜《てつかぶと》きて日に焼けたり。
（中略）
南京ここに陥落す。
あげよ我等の日章旗
人みな愁眉《しゆうび》をひらくの時

わが戦勝を決定して
よろしく万歳を祝ふべし。
よろしく万歳を叫ぶべし。

どうしたんでしょうね、萩原朔太郎。『東京朝日新聞』から頼まれて、つい乗せられちゃいましたかね（「南京陥落の日に」は同紙昭和一二年一二月一三日掲載）。「事変」という名の戦争では、すでに多くの死者が出ていました。あるいは南京陥落で、ようやく戦いが終わると思っていたのかもしれません。

しかし戦争状態はなおも続き、米英仏と日本の関係もますます悪化。そして昭和一六年一二月八日、日本は真珠湾奇襲攻撃を敢行し、太平洋戦争に突入します。

この時の気分を、多くの文学者が「霧が晴れたように」「晴れ晴れした気持ち」「遂にやったかと凱歌《がいか》をあげ」などと書いているのは、あながち国策迎合ばかりではなかったのかもしれません。大陸での戦争が泥沼の様相を呈し、いつまでもずるずると続く中、堪《こら》え性のない日本人は、一か八かの賭けに出ることを歓迎したのです。「欧米の植民地政策からアジアを解放する」という大東亜共栄圏の理想を、まるまる信じたわけではないでしょうが、白人の人種差別への反感は知識人にも強く（特に留学経験者は差別による屈辱的体験をしているので）、大義名分と知りながら、少しは胸躍る痛快さを感じたのも事実でしょう。

かつて南蛮浪漫を詠いあげた北原白秋も、西洋芸術の力強い精神性を賛美した高村光太郎も、戦時下には熱心に自国を賛美し、国民を鼓舞する詩を書いています。あんなに西洋に憧れていた佐藤春夫も『戦線詩集』や『大東亜戦争』を出しました。

そもそも国民詩人となっていた北原白秋は、昭和一五年の紀元二千六百年（神武天皇即位から数えた皇紀による）に際して、求めに応じていくつも詩を書いていましたが、そのひとつ「大陸に寄せて」は、ほとんど軍歌です。

肇国《ちようこく》もとより産霊《むす》びて清明、
神州日本《しんしゆうにつぽん》、正大我あり。
蕩々たるかな興亜の体制、
同風和《どうふうわ》すべし、万里に及ばん。
（中略）
聴け今、斉《ひと》しく喇叭《ラツパ》は呼応し、

嚠喨《りゆうりよう》『君が代』鳴りつつ高きを
皇謨《こうぼ》は涯無《はてな》し、八紘一宇ぞ、
仰げよ大陸、秩序は来れり。

また『イタリア』昭和一七年一月号に載った「皇軍頌《こうぐんしよう》」は真珠湾攻撃の直後に書かれたもので、その高揚が素直に（素直すぎる受け止められ方で）表現されています。

轟《とどろ》けよ、万世《よろずよ》の道の臣《おみ》、大御軍《おおみいくさ》、
いざ奮《ふる》へ、いくさびと、揺りとよむと。

さらに白秋は小国民と呼ばれるようになっていた子どもたちに向けた詩では、より単純に勇ましく、極端な戦争讃歌を歌い上げました。

大東亜地図（抄）

おい、君、遊びに来ないか、僕のうちに、
とても大きな世界地図があるんだぜ。

地図を壁一面に貼つて、そして、
毎日、僕はラジオや新聞とにらめつくらだ。

旗を書くんだ、僕は日の丸の旗を、
（中略）
僕は塗《ぬ》る、塗りかへるんだ、点と線ばかりぢやないんだ。

すばらしいの、何のつて、君、
大東亜共栄圏なんだもの。

僕の脳髄《のうずい》はそのまま地図なんだぜ、
カナダだつて、スエズだつて、パナマだつてもうとうに塗りかへてるんだぜ。

うーん。いくら連戦連勝が伝えられていた時期とはいえ、これはやりすぎですね。日本は〝解放者〟ですから、東亜の同胞たちを米英仏の植民地支配から解放したら、日章旗を立てるのではなく、各民族の国家独立を援《たす》け、手を携えて共に栄えるというのが、大東亜共栄圏のはずです。カナダやパナマは大東亜ではありませんし、当局も困ったのではないでしょうか。

でも白秋は、国策に嫌味な批判を加えるためではなく、純粋に行き過ぎた表現をしてしまったのでしょう。スエズにまで日章旗を書き込むのは正気の沙汰ではありませんが、集団的狂気の中では自分も狂うことが、共感力が異常に高い詩人にとっては「国民と共にある」ことだったのかもしれません。あるいは私たちもまた、時代の歪みを自覚せぬまま、今の「時代標準」で世界を見ているのかも……とちょっと反省したりもします。

白秋は「ハワイ大海戦」で〈凌ぐは何ぞ星条旗〉と唱え、「あの声」で「君が代」を歌うインドネシアの小国民を詩に詠み、「Z旗」「海軍魂」「ソロモン夜襲戦軍歌」「空の軍神」「けふぞ観兵式」「銃を高く」「軍馬南進」「マライ攻略戦」など、とにかくたくさん作っています。そのあまりの元気さには、基本的に体力不足の私などはげんなりしてしまいます。

まかせろ

僕のをぢさん、陸軍だ、
ハンドルにぎつて、重戦車。
　なんだ、トーチカ、突撃か。
　俺にまかせろ、さう言つた。

僕の兄さん、海軍だ、
いいな、少年飛行兵、
　ゆくぞ、雷撃、体あたり。
　俺にまかせろ、さう笑ふ。

兵は空から落下傘、

畳み畳んで、背《せな》に紐《ひも》、
　見ろよ、油田か、パレンバン、
　俺にまかせろ、さう飛んだ。

またも、軍神、潜航艇、
生きてかへらぬ大和魂《やまとだま》。
　討てよ、轟沈《げきちん》、敵戦艦、
　俺にまかせろ、さうきめた。

僕もそんなら小国民、
野球選手だ、うん、さうだ。
　なんだ、ヒットか、だいぢやうぶ、
　おれにまかせろ、カーンだ。

しかしやがて野球にも管理の手は伸び、「ヒット」などという敵性語は禁じられました。

敵国の言葉を使うのはスパイ行為だ……みたいな狂信は、到底勝つ者の感覚ではありません。だいたい敵の言葉が分からなくて、どうやって敵側の情報を得るのか。

日露戦争の時はロシア語の独習書や国際法の本がどんどん刊行され、国民にロシア語熱が広まりました。「敵を知る」ためです。そしてまた、国際法に則った「正しい戦争」をすることで勝利を確実なものとするためです。太平洋戦争は、はじめから刀の鞘《さや》を投げ捨てたような戦いでした。「小次郎、敗れたり」と武蔵なら叫ぶ場面です。

日本がまだ表向きは勝っていることになっていた昭和一七年一一月二日に白秋が亡くなったのは、あるいは幸せだったかもしれません。敗戦に直面した「戦争詩人」は自らの〝思想性〟に打ちひしがれることになります。

三好達治もまた戦勝気分の中では「捷報《しょうほう》臻《いた》る」や「アメリカ太平洋艦隊は全滅せり」「落下傘部隊！」など威勢のいい作品を書いていますが、朔太郎、白秋とたいして変わらないので割愛します。ふつうならこの二人に似ているといわれたら、三好も喜ぶでしょうが、戦争詩については俯《うつむ》くことでしょう。名調子で空疎な戦争詩と違って、心揺さぶられるのは、戦争末期に書かれた「日まはり」という詩です。

日まはり

日まはり
日まはり
今はまだ悲愁と痛憤と
また心切実なる沈黙との
服喪の花となりけらし
丈高き日まはり
なほ誇り高く
うなじを空にかかげたる日まはりの花
初夏の日のこの黄金花
先にサイパン失陥の報ありし日に咲きしこの花
今はまた沖縄死守の皇軍
戦ひ日毎利《ひごとり》あらず
花いかで心なくして

日もすがら南方の天を仰がん
その花日暮れてひとりひそかにうなだる
ああ夏老いてその花はすがれたれども
我らが復讐の時はめぐり来らず
日まはり
日まはり
大地の精気天をささふる黄金花
今は悲愁と痛憤と
また心切実なる沈黙との
服喪の花となりけらし

ここで「日まはり」が何を象徴しているとか、そんなことはどうでもいいでしょう。解釈しなくても分かるし、感じる。賛美も批判も空疎。この詩の前に、人はただ沈黙するのみです。

聖戦を信じた高村光太郎

高村光太郎も、太平洋戦争に際して異常な共感力を発揮しました。太平洋戦争開戦の日を詠んだ「十二月八日」では、〈記憶せよ、十二月八日。／この日世界の歴史あらたまる。／アングロ　サクソンの主権、／この日東亜の陸と海とに否定さる。〉とし、「新しき日に」では〈東方は倫理なり。／東方は美なり。／断じて西暦千幾年の弱肉強食にあらず。〉と書いています。高村光太郎は、この戦争は東アジア太平洋地域を欧米の植民地支配から解放する聖戦だというスローガンを単純に信じたのでした。

いや、単純ではなかったかもしれませんが、自身、留学中の差別体験があり、疑いながらも「信じる」ことが心情にもかなっていたのでしょう。現に戦いが始まってしまっている以上、それ以外の選択肢はありませんし。

このの ち光太郎は「沈思せよ蒋先生」「シンガポール陥落」「夜を寝ざりし暁に書く」など戦意高揚詩を書き続け、「特別攻撃隊の方々に」では〈千万の言葉も／あなた方の前には無力です。〉と述べました。さらには「ぼくも飛ぶ」では、少年の気持ちに仮託して〈ぼくも飛ぶ。／あの音がぼくをよぶ。／お父さん、お母さん、今年こそ／ぼくを少年飛行兵にしてください。〉と煽りすらしました。

それでも高村光太郎は、品性を重んじ、美を讃え続けました。彼の目には死地に赴《おもむ》く人々の決意、虜囚《りよしゆう》の辱めを受けずに自決して果てる人々の姿勢が、とても高潔なものと映っていたのでした。おそらくこれは本当だと思います。戦地に行き死んでいった人々を、どうして無駄死になどと言えるでしょう。讃えねばならぬ。彼らの尊厳を守るために、彼らを讃えねばならぬ……。

心に兆《きざ》す疑念や不安を捻《ね》じ伏せるようにして、「軍神」を讃えた高村光太郎は、戦後になると、自身の「戦争協力」を深く悔いることになります。

そしてその想いもまた、詩になる。それが詩人の業というものです。

わが詩をよみて人死に就けり

爆弾は私の内の前後左右に落ちた。
電線に女の大腿がぶらさがつた。
死はいつでもそこにあつた。
死の恐怖から私自身を救ふために

「必死の時」を必死になつて私は書いた。
その詩を戦地の同胞がよんだ。
人はそれをよんで死に立ち向つた。
その詩を毎日よみかへすと家郷へ書き送つた
潜航艇の艇長はやがて艇と共に死んだ。

釈迢空の哀切、斎藤茂吉の憤怒

国文学者・民俗学者であり、詩人・歌人であった折口信夫《しのぶ》（歌人としての筆名は釈迢空《しやくちようくう》）は当然ながら愛国者でしたが、戦争を手放しで賛美したわけではありませんでした。個人的には暴力的なことが苦手な人でしたし、深く愛していた同性の恋人・藤井春洋《はるみ》が少尉として出征したこともあり、心中には複雑な想いがありました。だから釈迢空の歌には、国を信じたいという気持ちと、戦争なんかなければいいのにという思いが、交錯しています。

「捷報《しようほう》」と題された一連の歌には「陸軍少尉藤井春洋、わが家に来り住みて、ことしは十五年なり」との詞書があり、〈たゝかひに家の子どもをやりしかば、我ひとり聴く。勝ちのとよみを〉〈ひとり居て　朝《あした》ゆふべに苦しまむ時の到るを　暫《しば》し思はじ〉や〈いとほしきも

のを　いくさにやりて後、しみじみ知りぬ。深き　聖旨《みむね》を〉などが並んでいます。

なお折口信夫は春洋の出征にあたり、彼を養子として入籍しました。折口春洋を思うためか、釈迢空の戦争歌には万葉の防人歌のような哀調が感じられます。

旅にして聞くは　かそけし。五十戸の村　五人《いつたり》の戦死者を迎ふ
戦ひにやがて死にゆける　里人《さとびと》の乏しき家の子らを　たづねむ
死なずあれと言ひにしかども、彼《かれ》　若き一兵卒も、よくたゝかはむ
生きて我《われ》還《かえ》らざらむ　とうたひつゝ、兵を送りて　家に入りたり

出征兵士を送って、家に戻り戸を閉めた人たちは、もう誰も「勝って来い、死んで来い、万歳、万歳」とは言わないでしょう。死地に赴く人を見送りながら威勢のいい言葉を発して騒ぐなどとは、古来、日本の伝統にはあるまじきことでした。そんな当たり前を見失った日本人を、釈迢空は悲しく思い、同調し切れぬ自分を寂しくも感じたのではないかと思います。釈迢空の歌は反戦歌ではありませんが厭戦的です。

とはいえ、現に祖国が戦争を始めてしまっている以上は、反対していたら死地に赴く人々

にも申し訳がない。ましてだんだん戦況が悪くなり、日本本土に敵機が飛来してきて、民間人までが殺されるようになると、〝鬼畜米英〟という言葉は敵愾心《てきがいしん》を煽るスローガンではなく、家を焼かれ、愛する人を殺された悲しみと怒りを帯びた、切実な市民の憤りとなります。

斎藤茂吉は釈迢空より真っ直ぐ単純な愛国者で、開戦の折には〈かしこみて勇《いさ》みだちける十二月八日の朝を永久《とわ》にさだめつ〉と詠み、シンガポール陥落時には〈大稜威《おおみいつ》大《おお》きなるかなや眼前《がんぜん》にシンガポール落つシンガポール落つ〉と詠んでいます。

でも自分自身も医師だったこともあり、息子は陸軍兵学校や海軍士官学校や、まして予科練などではなく、高等学校の医学部コースに入れて医師に――せめて一兵卒として徴兵されないコースに――進学させようと躍起になるような人でもありましたが。

そんな茂吉が、一時の浮わついた高揚感を離れて本格的に「敵」を憎む直截な歌を作ったのは、日本の敗色が濃くなってからでした。

茂吉が特に怒ったのは、米軍が日本本土に住む民間人虐殺を意図した無差別爆撃を断行したことです。これは計画的かつ継続的な戦時犯罪行為にほかなりません。

このみ空《そら》犯さむとして来《きた》るもの来《きた》らばきたれ撃ちてし止《や》まむ

たましひは炎《ほのお》となりてかの敵《あた》をうちてし止まむつひのかぎりは
にくにくしこの敵将《てきしよう》を屠《ほふ》らずばいづれの日にか面《おもて》を向けむ

〈けだもののやからといへどかくのごとけがらはしきを行ふべしや〉はソ連が不可侵条約を破って侵攻してきた時の作。とはいえ、太平洋戦争に突入する以前、事変、事変といっていた大陸での戦役が何年も続く状況下で、「非国民」性を責めるような歌を手帳に書いていました。でもこれは半ば、自分自身への叱咤ですね。

たたかひに「飽きたり」などといひて居る現身《げんしん》もあらばたたきのめせ

愛する人を失う悲しみ、愛する国の亡ぶる痛み

折口春洋は独立機関銃部隊の一小隊長として硫黄島に配属されていました。この部隊は米艦隊の艦砲射撃により、昭和二〇年二月二三日までに全滅しています。春洋の死の様子は伝えられていません。生きてそれを伝え得る者は、誰もいなかったからです。
折口信夫は米軍上陸の二月一七日を春洋の命日と定め「南島忌」と命名しました。

戦没者を悼んで折口が作った詩に「鎮魂頌」があります。

思ひみる人の　はるけさ
海の波　高くあがりて
たゝなはる山も　そゝれり。
かそけくもなりにしかなや。
海山のはたてに　浄《きよ》く
天《あま》つ虹《にじ》　橋立ちわたる。

「鎮魂頌」の冒頭の一連ですが、一行目にハルミ（春洋）の三音が隠れていますね。その後、折口信夫は春洋と共に入るための父子墓を建て、その墓碑銘として〈もつとも苦しき／たゝかひに／最もくるしみ／死にたる／むかしの陸軍中尉／折口春洋／ならびにその／父　信夫の墓〉と刻ませました。

とはいえ折口の気持ちは複雑です。単純に反戦厭戦ではありません。愛する人の死が悲しいように、国が敗れ、国土が蹂躙《じゅうりん》されることにも深い悲しみを感じます。

折口信夫にとって戦争は経済や政治の問題ではなく、彼にとってすべてがそうであったように「魂」の問題でした。折口は自分たちの信仰が堅ければ海が開いて聖地への道が示されると信じた少年十字軍のように、すべての日本人が心から信じれば神風は吹くと確信していたような人です。もちろん折口の見方は多くの現実への認識を欠落させた一面的なもので、政治音痴の誹《そし》りは免れません。それを幼稚な愚昧さと嗤《わら》うのも簡単です。しかし同時に、それが神聖な幼稚さであることもまた見落としてはならないでしょう。

もちろんその一方で折口自身、信じ切れない自分の理知を苦しみもしたでしょう。「神　やぶれたまふ」という詩では、次のように詠っています。

神こゝに　敗れたまひぬ―。
すさのをも　おほくにぬしも
青垣の内《うち》つ御庭《みにわ》の
宮出でゝ　さすらひたまふ―。
(中略)
村も　野も　山も　一色《ひといろ》―

ひたすらに青みわたれど
たゞ虚し。青の一色
海　空もおなじ　青いろ――。

失うことの悲しみ、生き残ることの辛さ、それでも自分は毎日を、これまでと同じように送り続けているという「変わらなさ」への自責……。そうしたものを詠んだ追悼詩にも、いいものがあります。

追悼詩――死後も変わらない愛情の表現

先に愛する若者を失った折口の詩を掲げましたが、こちらは堀辰雄の死にまつわる作品です。

堀君の訃《ふ》

堀君の訃を聞いた　その午前――。
私は　ほの暗い博物館の廊下に

―茫《ばう》として立つて居た。

漢・魏・晋・唐代の副葬品
数多い陶俑《とうよう》に見入つてゐる私を―
　咎《とが》める気で、いつぱいになつて居た。
友人の最後の息をひきとつた日に、
古代支那の墳墓のかをりを吸つてゐる私―。

　さうして其《それ》が、友人の喪《も》の第一日を過すもつとも適切な為方《しかた》のやうに　考へてゐる私
―。

古塚《ふるつか》の墓土偶《はかにんぎよう》の　深い眠りに比べると、
私の友人は、つい今し方、静かな夢を　見はじめたばかりなのだ―。

あゝまだ聞えるらしい。幽《かす》かな寝息。

折口信夫と堀辰雄は互いに尊敬し合っていましたが、それぞれに独立した文学者でした。
そんな両者の慎ましい距離感と、押しとどめようのない情愛が、よく伝わってきます。
そしてまた、次のような詩も作りました。

弔　辞

このさゝやきが、はるかなあなたの心に　達することを信じて

既に病人であつた堀君が　四季を編輯《へんしゆう》し、
その雑誌の一投書家としての
私の、たのしい日々が―そこにあつた。

其頃《そのころ》の気もちを追想すると、
ひたすらに堀君を尊敬した
弟子の一人だつたことは、確かだ。
その後、堀君の友だちのJさんに

この気持が、告げたくなつた。

Jさんは、私を非難するやうに、
堀が、詩を何篇かいてるか、ごぞんじ―
いや　知りません。
そんな―弟子の詩人といふのが、ありますか。

言はれて見ると、さうだ。
師匠の数篇きりない詩をすら、
読み知つてゐない弟子などが―
存在してよい、訣《わけ》はない。

しかし私は今、から言ひたい心で　いつぱいだ―。
ねえ、Jさん、人が、人の弟子であることを誇つてゐる時、―
もしあなたなら、

君は、僕の弟子なんかぢやないよ。

さうお言ひになるでせうか。

堀君にすら、弟子だといふことを認められないでしまつた私です。

其を　あなたはも一度、明白に否認しようとなさつた。

JさんJさん―私のしんからの抗議です。


堀君も、遠い世界の耳をそばだてゝ、聴いてゐて下さい。


何と幼稚な男たちでしょう。友の死を眼前にして、泣きながら「僕のほうが親しいんだぞ」と言い募る幼稚園児並みの言動。そしてなんと無垢な、神聖な幼稚さでしょう。

折口信夫は明治二〇年生まれですから、明治三七年生まれの堀辰雄よりだいぶ年長です。堀に日本古典文学の手ほどきをしたのは折口で、その成果が『かげろふの日記』などの作品となりました。その折口が「僕は堀君の弟子」というのは、堀辰雄への最大限の賛辞です。

ちなみに詩文中のJは神西清《じんざいきよし》。旧制一高時代からの堀辰雄の親友で生涯の友でした。

堀辰雄が亡くなって数か月後の昭和二八年九月三日、今度は折口信夫が亡くなります。おそらくJは静かに泣いたことでしょう。親友の思い出を語り合える、大切な先輩を失った悲しみで……。

追悼詩といえば、萩原朔太郎は戦時中の昭和一七年五月一一日に亡くなりましたが、その死を悼んで三好達治が詠んだ詩も忘れられません。三好は萩原の追悼関連の作をいくつか書いていますが、なかでも『四季』の萩原朔太郎追悼号に載せた「師よ　萩原朔太郎」は胸を打ちます。一部抜粋します。

都会の雑沓の中にまぎれて
（文学者どもの中にまぎれてさ）
あなたはまるで脱獄囚のやうに　或はまた彼を追跡する密偵のやうに
恐怖し　戦慄し　緊張し　推理し　幻想し　錯覚し
飄々として影のやうに裏町をゆかれる
いはばあなたは一人の無頼漢　宿なし
旅行嫌ひの漂泊者
夢遊病者《ソムナンビユール》

零《ゼロ》の零《ゼロ》

そしてあなたはこの聖代《みよ》に実に地上に存在した無二の詩人
かけがへのない　二人目のない唯一最上の詩人でした
あなたばかりが人生を　ただそのままにまつ直ぐに混ぜものなしに歌ひ上げる
作文屋どもの掛け値のない　そのままの値段で歌ひ上げる
不思議な言葉を　不思議な技術を　不思議な智慧をもつてゐた
あなたは詩語のコンパスで　あなたの航海地図の上に
精密な　貴重な　生彩ある人生の最近似値《きんじち》を　我らのアメリカ大陸を発見した
あなたこそまさしく詩界のコロンブス
あなたの前で喰《くわ》せ物《もの》の口の達者な木偶《でく》どもが
お弟子を集めて横行する（これが世間といふものだ
文人墨客　蚤の市　出性の知れた奴はない）
黒いリボンに飾られた　先夜はあなたの写真の前で
しばらく涙が流れたが

思ふにあなたの人生は　夜天をつたふ星のやうに
単純に　率直に
高く　遥かに
燦爛《さんらん》として
われらの頭上を飛び過ぎた
師よ
誰があなたの孤独を嘆《なげ》くか

……もう言葉がありません。前段の悪口めいた表現があるからこそ、後段の賛辞が生きて来る。三好達治はここで宣言しているのです。萩原朔太郎先生の悪口を言っていいのは俺だけだ、と。先生は死んでも孤独じゃない、だって俺は今も先生と一緒だぜ、と。

ところどころ七・七、七・五、五・五の音韻が感じられるのは、韻文‐散文詩論争で師をやり込めてしまったことへの、秘かな贖罪の表れでしょうか。

第十章　戦中戦後食糧事情——斎藤茂吉、山之口貘、片山廣子

食べることは生きること——斎藤茂吉

第一章では大食いの正岡子規を取り上げましたが、正岡子規に連なる歌人で、長塚節や伊藤左千夫の後続世代である斎藤茂吉にも、子規と同様、食に関する直截な歌がたくさんあります。ちょっと思い出しただけでも、

あなうま粥《かゆ》強飯《かたいい》を食《お》すなべに細りし息の太《ふと》りゆくかも

妻とふたり命まもりて海《うみ》つべに直《ただ》つつましく魚《うお》くひにけり
日の入《いり》のあわただしもよ洋燈《らんぷ》つりて心がなしく納豆を食《は》む
みちのくの 妹《いもうと》 が吾《われ》におくり来し 餅《もちい》 をぞ食《く》ふ朝もゆふべも

など食にまつわる歌がとても多い。〈赤茄子《あかなす》の腐れてゐたるところより幾程《いくほど》もなき歩みなりけり〉や〈ゆふされば大根の葉にふる時雨《しぐれ》いたく寂しく降りにけるかも〉などは農村風景を詠んだ歌で、別に食べてはいないのですが、叙景を超えて農家の暮らし向きや農作物への想いが滲《にじ》んでいます。それは思想的、観念的なものではなく、骨身に染みた身体的な感覚で、それだけに、何があっても揺らぐものではない骨太な感じがします。〈ただひとつ惜しみて置きし白桃《しろもも》のゆたけきを吾は食ひをはりけり〉のひたむきさには思わず笑ってしまいます。

そんな茂吉の好物は鰻《うなぎ》でした。茂吉は鰻を食べると直ちに疲労が取れ、寝不足も吹き飛ぶほどの活力が体に漲《みなぎ》ると感じていました。ですから鰻を詠んだ歌もとても多い。

けふ一日《ひとひ》ことを励みてこころよく鰻《うなぎ》食はむと銀座にぞ来《こ》し

あたたかき鰻を食ひてかへりくる道玄坂に月おし照れり
肉厚き鰻もて来し友の顔しげしげと見むいとまもあらず
最上川に住みし鰻もくはむとぞわれかすかにも生きてながらふ
汗垂れてわれ鰻くふしかすがに吾よりさきに食ふ人のあり

友達の顔よりも、土産の鰻をまじまじと見つめてしまう。そんな鰻好きの茂吉が食べた鰻の数は、生涯に千匹を超えたといわれています。〈もろびとのふかき心にわが食《は》みし鰻のかずをおもふことあり〉。それだけに自身の血肉になった生命への感謝の念を詠んだものもあります。

これまでに吾《われ》に食はれし鰻らは仏《ほとけ》となりてかがよふらむか
吾《わ》がなかにこなれゆきたる鰻らをおもひて居れば尊くもあるか

こういう感覚は、茂吉独特のものでした。
茂吉にとって獣魚を食すことは殺生ではなく、食われるものと生命を共有する感謝報恩の行《ぎょう》だった観があります。殺生を戒めつつ、即身成仏もせずに現実にはあれこれを食らって生きている坊主とは、わけが違います。生臭坊主は肉も食えば女も食らう。でも殺生戒を厳格に守る僧侶でも、自分が生きるためとはいえ、植物由来の食品は食べるのです。動物も植物も、大本《おおもと》をたどれば同じ原初の生命から発した生物であり、そこに隔たりはない。

農家出身で植物の生命力も強く実感している茂吉からしたら、植物を食べるのも動物を食べるのも、同じ「他者の命を食べさせてもらう」ことだったでしょう。だからこそ却って〈人の世の鰻供養《うなぎくよう》といふものにかつても吾は行きしことなし〉なのです。生命とはそういうものだ、と。

〈いくばくの命ならむとおもへども物食《は》む歌をけふもつくれる〉。食べることは生きること。有難きこと。おかげ様です、私の命。〈けだものは食《たべ》もの恋ひて啼《な》き居《い》たり何《なに》といふやさしさぞこれは〉という感覚は、いかにも茂吉らしいと私は思います。

大阪の友の幾たりわがために命のべよと牡蛎《かき》を食はしむ
われひとりおし戴《いただ》きて最上川の鮎をこそ食はめ病癒《やまいい》ゆがに

ここで茂吉が何となく申し訳なさそうなのは、食糧難の最中、他人に分けずに自分一人で食べているためでした。病気なのだから仕方ないと自分に言い訳しながら、滋養のある貴重な食糧を一人で食べているわけです。

太平洋戦争がはじまる前の新体制時代から、日本の食糧事情は次第に悪くなっていました。鰻好きの茂吉は将来への不安を感じ、昭和一六年春に鰻の罐詰《かんづめ》を大量に買い込んでいます。そして戦中戦後はこれを頼りに暮らしました。終戦後の歌に〈十余年《じゅうよねん》たちし鰻の罐詰《かんづめ》ををしみをしみてここに残れる〉〈戦中の鰻のかんづめ残れるがさびて居《お》りけり見つつ悲しき〉があります。

ところで正岡子規も斎藤茂吉も、食べ過ぎが祟《たた》ったのか、歯がよくありませんでした。子規は「さへづるやから臼《うす》なす、奥の歯は虫ばみけらし、はたつ物魚《ものうお》をもくはえず、木の実をば噛みても痛む、武蔵野の甘菜辛菜を、粥汁にまぜても煮ねば、いや日けに我つく息の、ほそり行くかも」とし〈下総《しもうさ》の結城の里ゆ送り来し春の鶉《うずら》をくはん歯もがも〉と詠んでいます。

一方、斎藤茂吉も昭和九年の作に〈ひとびとは鮎寿司くひてよろこべど吾が歯はよわし食ひがてなくに〉というのがあります。子規は虫歯、茂吉は歯周病だったようで、鰻好きだったのはその味や滋養を愛しただけでなく、柔らかさも有難かったのかもしれないという気もしますが、若い頃からの鰻好きなので、主には味が好きだったのでしょう。

そんな茂吉でしたが、最晩年には胃腸が衰えたらしく、〈ひと老いて何のいのりぞ鰻すらあぶら濃過《こす》ぐと言はむとぞする〉と詠んでいるのは、ちょっと悲しいです。

戦中戦後食糧事情——山之口貘の場合

戦中戦後はどこでも食糧難で、ことに疎開をした都会人は田舎で苦労しました。山之口貘は濃厚な地域社会の人間関係の中で、余所者《よそもの》として名前を呼ばれることなく「疎開者」と一括りにされることへの不満を詩に詠んでいます。

とはいえ、「疎開者」は田畑を耕す労働者としても役に立たない。また地方自体が軍用の供出や、働き手を兵隊にとられたために農地が荒廃していて、自分たちが食うのがやっと。それなのに遠縁や知人を受け入れているのですから、地方人を恨むのは筋違いでしょう。

山之口貘が問題にしているのも、だから食いものの恨みとかではなく、心の通い合いという点でした。

斎藤茂吉も高村光太郎も、また堀口大學なども、縁故の土地に疎開したまま、戦後もしばらく、食糧事情がましな地方にとどまり続けました。彼らは肩身の狭さを感じる一方、知名の士として遇されてもいました。戦後になると、彼らのもとにやってくる弟子やファンは、せいいっぱいの食料品などを携えてきました。

日夏耿之介なども、暮れも押し詰まって餅を届けてくれた知人に深く感謝する歌などを残しています。敗戦後の苦しい時期は、偉くなっていた彼らが、奇しくも他人の素朴な好意を肌で感じる機会ともなり、その後の作品にいっそうの深みをもたらしました。

しかし有名ではない詩人は、自分で買い出しをしなければならない。敗戦直後、人は配給だけでは生きることもおぼつかないため、闇屋で食料を調達したり、自分が直接、農家などに赴いて買い出しをしてくるしかなかった。

この「買い出し」も個人的な闇購入なので、当局に見つかれば没収され、場合によっては投獄される。それでも生きるためには、庶民はそれをしなくてはなりませんでした。

山之口貘は、そんな切実な庶民を満載した買い出し列車の光景を詩に詠みました。

常磐線風景

ぶらさがっている奴

しがみついている奴
屋根のへんにまでへばりついている奴
奴らはみんなそこにせり合って
色めき光り生きてはいるのだが
どの生き方も
いのちまる出しの
出来合いばかりの
人間なのだ
汽車は時に
奴らのことを
乗せてはみるが振り落して行った
線路のうえにところがる奴
田圃《たんぼ》のなかへとめりこんでしまう奴
時にはまた
まるめられて

利根川の水に波紋となる奴

食料だけでなく燃料も乏しいので、列車の本数も少ない。栄養失調気味の買い出し人たちは、満員どころではない列車に必死にぶら下がりながら、ときどき力尽きて振り落とされたりするのです。それでも、ちょっとケガする程度にしか、列車のスピードも出ていなかったのかもしれません。列車もまた栄養失調。それでも買い出しは命懸けです。

一方、雨露をしのげる駅構内や地下街には、浮浪児たちが屯《たむろ》していました。彼らはもちろん飢えています。浮浪児がどんなものだったかは野坂昭如《あきゆき》の小説を開いてほしいところですが、高畑勲によるアニメ版『火垂るの墓』の冒頭場面でもかまいません。戦争末期に死んでしまった少年の亡霊が、戦後の荒廃を眺める場面。あれを思い浮かべながら、次の詩を読んで下さい。

弁当（抄）

改札口の行列のなかにしゃがんでいて

弁当ひらいている眼の前に
青んぶくれの顔が立ち止まった
（中略）
戦災孤児か欠食児童なのか
霜降りの服のがふたりなのだ
（中略）
思えばたがいに素直すぎて
みすぼらしくなったのか
敗戦国の弁当そのものが
ありのままでも食い足りないのだが

自分が飢えている時、人は他人を助けるだけの余裕がない。場合によっては、子どもが持っている握り飯を大人が奪っても不思議のない荒廃が、戦後の日本にはありました。もちろん、ルンペン詩人・山之口貘に、生活の余裕などある筈はありません。それでも彼は、自分のみすぼらしい弁当を浮浪児に分かつのです。

「詩がある」という矜持は、国破れ、山河も疲弊してしまった後に残った、本当に最後の人間らしさなのかもしれません。

もうひとつの「リンゴの歌」――貴婦人・片山廣子の戦後

戦後の食糧難や社会変動は、もとから貧しかった人々以上に、豊かに暮らしていた階層の生活を激変させました。第六章でも取り上げた片山廣子は、戦前は金のために働いた経験がなく、翻訳をしても稿料を受け取ることすらせず、それどころか多くの優れた詩書を出版したことで知られる第一書房のパトローネでもあったのに、戦中戦後には自らも畑を耕すようなことさえしました。息子の片山達吉は昭和二〇年三月二四日に病没し、娘の総子は商工省官僚でアイヌ語研究家の山田秀三に嫁していて、遠地にいました。

戦前の廣子は、飲食に関わる歌を詠むにしても、〈春雨や精進のけふのあへ物に庭の木の芽を傘さしてつむ〉とつましくも情念的で、また〈けぶり立つカフエー茶碗を見つめつついとしのびかに眼はわらひけり〉〈銀のはさみに砂糖はさみて入れつれば泡うづまきてはや沈みたり〉と優美な作が多かった。

それが戦中戦後には、切実な生活感あふれる歌へと様変わりします。

昼食《ひるげ》せむ家たづねつつ鷗《かもめ》飛ぶ裏町をゆき橋わたり行き
物ともしき秋ともいはじみちのくの鳴子《なるご》の山の栗たまひけり
来む春も生きてあらむと頼みつつわれ小松菜と蕪《かぶ》のたねまく

戦時中も片山廣子は軽井沢で夏を過ごしたほか、娘夫婦が仙台にいたこともあって、幾度か疎開を兼ねて東北に旅していますが、この時はじめて農民や漁民といった第一次産業の労働者に触れたのかもしれません。もちろん、それまでも「見て」はいたでしょうが、本当に接したことはなかったのでしょう。また「食糧増産」のために庭に野菜の種をまき、自身も本物の「生活者」となりました。

戦後の彼女の目には、これまで視界に入っていなかった階層の人々が、くっきりと見えるようになってきました。

〈水ばかりのみける人ら飲食《おんじき》の店店つづく街にさまよふ〉〈飯のほかに魚《さかな》のほかにも世のなかに欲しきものあり心苦しむ〉は「浮浪人」と題された歌ですが、上から目線ではなく、自らもまた浮草のひとりという意識が明確です。〈街かどに秋刀魚といわし売る店の今日のもうけをわが思ひみし〉と、以前の彼女なら絶対にしないようなこともします。〈さつそうとパンパンひとり住む家に白桃の花は真珠のごとし〉などは、米兵相手の女性を詠っているわけですが、戦後の世情に逞《たくま》しく対応する女を讃えて、いっそ痛快です。〈厠《ごふじよう》の汲取人になることもにつぽん人の一つの仕事〉なんて歌もあります。

案外、廣子は気持ちの切り替えが上手で、商売でも始めていたら強《したた》かに成功したかもしれません。〈砂糖ほしく林檎も欲しく粉もほしわが持たぬ物を数へつつをる〉という歌さえも、困窮の嘆きというより、「どうやって手に入れようかしら」と楽しんでいる風情も感じられるのは、私が廣子には決して不幸であってほしくないと願っているからばかりではないでしょう。もうこの頃の廣子の文芸は、時世や逆境に左右されない人格となって結実していたのではないでしょうか。

彼女は、食糧難だからこそ、「味わう」という楽しみを、しっかりと噛みしめるようになりました。

みちのくの秋日に熟れしトマトかも甘酸き汁《つゆ》を身に深く吸ふ
白きパン、グリンピースとトマトなど並べてけさはほのぼの愉しそんな片山廣子が、もっとも好んだ食物は林檎でした。「リンゴの唄」といえば「戦後」を代表する、作詞・サトウハチロー、作曲・万城目正のヒット曲ですが、片山廣子には「もう一つの林檎の歌」と呼びたくなるような数多くの作品があります。

りんご売り梨うる夜店は電気明《あかり》るしうしろに泊るからつぽの船
わが側《そば》に人ゐるならねどゐるやうに一つのりんご卓の上に置く
手にとればうす黄のりんご香りたつ熟《う》れみのりたる果物《くだもの》の息
すばらしき好運われに来《き》し如《ごと》し大きデリツシヤスを二つ買ひたり
あま酸《す》ゆき香りながれてくだものと共にわがゐる秋の夜の部屋
宵浅《よいあさ》くあかり明るき卓の上に皿のりんごはいきいきとある
日のくれて静かなる家にりんご割る音がさくつと簡単にひびく
わがいのる人に言はれぬ祈りなどしみじみ交る林檎のにほひ
人多く住みける家をおもひいづ林檎をもりし幾つもの皿

昭和二〇年、二一年の食糧難をやり過ごした後も、二四年頃まで何かと物資欠乏が続きます。その後も片山廣子には、戦前の豊かさは戻って来ませんでした。彼女は歳を取り、息子を亡くし、恒産も失いました。それでも彼女はそれらの喪失感と真正面から向き合い、すべてを受け入れたうえで自分の生活を立て直してゆきました。

ほのぼのと亡き子を思ひ堀辰雄のあたらしき本けふは読みゐる

これは『短歌研究』の昭和二五年第七号に発表された歌のひとつですが、時期的に見て作中の〃あたらしき本〃は新しい作品ではなく、刊行中の『堀辰雄作品集』だと思われます。昭和二〇年に亡くなった片山達吉は、若い頃は吉村鉄太郎の筆名で、堀や川端と文学同人誌を出した仲でした。あるいは廣子は、作品集で久しぶりに堀の初期作品を読み、息子や娘が彼と共に文学熱に頬を染めていた時代を懐かしんでいたのかもしれません。

しかし彼女は決して過去にしがみついてはいません。彼女は自身の生涯を〈のびのびと無為に一生を過《すご》し来てそのまま吾は眠らむと思ひし〉としますが、ここに後悔はありません。そして最晩年にも〈芝庭の春日にむかひ一人ゐて田舎の菓子もコーヒも愉し〉といった安息の時がありました。

人は詩歌のみにて生きるにあらず。されど詩歌なしに良く生きること能《あた》わず。

お菓子をひとつ摘まんだ後は、お代わりを注文するのは我慢して、その分で一冊の詩集を購《あがな》うことをお薦めします。たぶん現代人の飢えや渇きには、そちらの方が必要だと思うのです。

あとがき

思うに詩歌は愛に似ています。というか、愛の核心には必ず詩歌があります。自覚しているかどうかは別にして。——こういうことを恥ずかし気もなく言えるのも歳を取ったおかげ。タイトルで「恥ずかしい」と言っておきながら矛盾していると思われるかもしれませんが、客観的にみれば恥ずかしい行為と自覚したうえで、でも隠すことなく本音で書いたのが、本書です。

言葉に結晶した詩人や歌人の心の動きを眺めていて、何より憧れるのは、彼らが日常をとても愛しているという、そのまなざしの堅実さ、真っ直ぐさです。山を見れば山が愛おしくなり、風が吹けば風が愛おしくなる。人に会えば気持ちの泡立ちを覚えながらも、相手その人はもちろん、人という存在自体が愛おしい。そういう生産性ゼロの豊かな愛が詩歌にはあります。

もはや欲といえば健康長寿のほかになく、色恋なんて面倒なものは他人事でも関わりたくない。そういう歳になっても、いやそれだからこそ、欲得抜きの詩歌的愛あるいは愛的詩歌は、やっぱり大切に思われます。第一、長生きするうえで恋はむしろ剣呑ですが、愛は必要な気がしますし。

形の見えない想いを言葉に刻んだものが詩歌です。念のために言っておくと、愛を詠った詩歌にだけ「愛」があるわけではありません。不安、孤独、恐怖、惜別、憤怒、失望、あるいは絶望を詠った詩歌であっても、そうした想いを言葉に紡いでいるという時点で、可能性への希望が込められており、絶望すら包む愛がそこにはあります。この幅広い愛を何と言ったらいいのか……あっ、それこそ〝情〟ですね。さんざん抒情だの情緒だのと言ってきたのに、大切な言葉を忘れていた。ボケてるんでしょうか。そうかもしれません。否定できない自分が悲しい。

本書では詩歌に対して、自分の勝手な好みによる恣意的な引用を通して、いわば落穂拾いのようにして接近を試みました。だから文学史的な公平性という点からは欠落があります。

でも詩歌など芸術全般は、厳格公正な基準や体系で整理されるものではなく、霧や霞のように漂っていて、確かに肌で感じはするのだけれども、掴み取ったと思って手を開いて見たらそこには何もないような、予感や後悔のようにしてそこに「ある」ものなのではないか、と思いもします。人は自分の気持ちでしか、本当には詩歌に近付けない。採取して、分類して、分析して、体系化して……という学問的な接近方法も、詩歌を知るためには有意義ですが、「知る」のではなく「感じる」時、詩歌も愛も身に染みるのではないかと思います。

本書をまとめるにあたっては、『「人間嫌い」の言い分』以来お世話になっている草薙麻友子さんに、またも大変お世話になりました。記してお礼を申し上げます。ホントによくお付き合い下さっているものです。思えば私にも、中原中也ほどではないけれども正直に余計なことを言い過ぎて怒られる癖や、立原道造みたいに周囲を信頼しすぎて迷惑かけちゃうところがあるなあ。よく若死にしないで初老まで来られたものだ。これからは、たまには斎藤茂吉みたいに鰻でも食べて、せいぜい頑張りたいと思います。

令和元年　十月十四日

長山靖生

長山靖生（ながやまやすお）

1962年茨城県生まれ。評論家。歯学博士。鶴見大学歯学部卒業。歯科医のかたわら、執筆活動を行なう。主に明治から戦前までの文芸作品や科学者などの著作を、新たな視点で読み直す論評を一貫して行なっている。'96年、『偽史冒険世界』（筑摩書房）で第10回大衆文学研究賞受賞。2010年、『日本SF精神史』（河出ブックス）で第41回星雲賞、第31回日本SF大賞を受賞。'19年、『日本SF精神史【完全版】』（河出書房新社）で第72回日本推理作家協会賞（評論・研究部門）受賞。主な著書に『「人間嫌い」の言い分』『不勉強が身にしみる』（以上、光文社新書）、『人はなぜ歴史を偽造するのか』（光文社知恵の森文庫）、『鷗外のオカルト、漱石の科学』（新潮社）、『「吾輩は猫である」の謎』（文春新書）、『若者はなぜ「決められない」か』（ちくま新書）、『千里眼事件』（平凡社新書）など多数。

恥《は》ずかしながら、詩歌《しいか》が好《す》きです　近現代詩《きんげんだいし》を味《あじ》わい、学《まな》ぶ

2019年11月30日初版1刷発行

著　者 ── 長山靖生

発行者 ── 田邉浩司

装　幀 ── アラン・チャン

印刷所 ── 堀内印刷

製本所 ── フォーネット社

発行所 ── 株式会社光文社
東京都文京区音羽1-16-6（〒112-8011）
https://www.kobunsha.com/

電　話 ── 編集部03（5395）8289　書籍販売部03（5395）8116
業務部03（5395）8125

メール ── sinsyo@kobunsha.com

 ISBN 978-4-334-04444-2

1023
掘り起こせ！　中小企業の「稼ぐ力」
地域再生は「儲かる会社」作りから
小出宗昭
年間相談数4千超の富士市の企業支援拠点・エフビズ。そのモデルは今や全国に広がる普遍的方策だ。真の「強み」を見つけ、儲けに変えるノウハウを直伝。藻谷浩介氏との対談つき。
978-4-334-04423-7

1024
「マニュアル」をナメるな！
職場のミスの本当の原因
中田亨
ミスが多発する現場には、「駄目なマニュアル」があった！　長年、人間のミスの研究を続ける著者が、マニュアル作りに悩む人のために、すぐに使える具体的なテクニックを紹介。
978-4-334-04431-2

1025
江戸の終活
遺言からみる庶民の日本史
夏目琢史
天下泰平の世に形成された「家」は肉親の死を身近にし、最期を悟った者は自らの教訓を込めて遺書を記した。近世人の言葉から当時の生き方と社会を読み取り、歴史学を体感する。
978-4-334-04433-6

1026
ビタミンDとケトン食　最強のがん治療
古川健司
末期がん患者さんの病勢コントロール率83％の「免疫栄養ケトン食」。そこにビタミンDの補給が加わることで、予想を超える効果が。学会も注目する臨床研究の結果を初公開！
978-4-334-04435-0

1027
死に至る病
あなたを蝕む愛着障害の脅威
岡田尊司
豊かになったはずの社会で、生きづらさを抱え、心も身体も苦しく、死にたいとさえ思う人が増え続ける理由は？　我々が直面する「生存を支える仕組みそのものの危機」を訴える。
978-4-334-04436-7

1028
自画像のゆくえ
森村泰昌

画家はなぜ自画像を描くのか。自撮り／セルフィー時代の「わたし」とは？　自画像的写真をつくりつづけてきた美術家が、約六〇〇年の歴史をふまえて綴る、「実践的自画像論」。

978-4-334-04437-4

1029
患者よ、医者から逃げろ
その手術、本当に必要ですか？
夏井睦

キズ・ヤケドの湿潤療法の創始者が、今も変わらない酷《ひど》い治療をメッタ斬り。豊富な症例写真を交えつつ、痛みや創感染、骨髄炎や院内感染の闇と真実に迫り、人体の進化史の新説も展開。

978-4-334-04438-1

1030
運気を磨く
心を浄化する三つの技法
田坂広志

あなたは、自分が「強運」であることに気がついているか／なぜ、志や使命感を持つ人は「良い運気」を引き寄せるのか
――最先端量子科学が解き明かす「運気」の本質。

978-4-334-04439-8

1031
あなたのメールは、なぜ相手を怒らせるのか？
仕事ができる人の文章術
中川路亜紀

何かをお願いするとき、逆に何かを断るとき、あるいはお詫びするとき、できるだけ「短くて気持ちのいいメール」を書くにはどうすればいいのか。その秘訣と文例を大公開する。

978-4-334-04440-4

1032
なぜ「つい買ってしまう」のか？
「人を動かす隠れた心理」の見つけ方
松本健太郎

どの商品・サービスも「大体同じ」な今の時代に、人々が心の底から「欲しい」と思うものをどうすれば作れるのか？　気鋭のマーケターが「インサイト」に基づくアイデア開発を伝授。

978-4-334-04441-1

1033
データでよみとく 外国人〝依存〟ニッポン
NHK取材班

新宿区、新成人の2人に1人が外国人——。外国人の労働力、消費力に〝依存〟する日本社会の実態を豊富なデータと全国各地での取材を基に明らかにする。

978-4-334-04432-9

1034
売れる広告　7つの法則
九州発、テレビ通販が生んだ「勝ちパターン」
電通九州・香月勝行
妹尾武治
分部利紘

「作品」としての「広告」ではなく「売れる」広告を作るには？ 通販広告のプロと心理学者2名がタッグを組んで、「売れる」鉄板法則と「A・I・D・E・A（×3）」モデルを徹底解説。

978-4-334-04442-8

1035
生命保険の不都合な真実
柴田秀並

人の安心を守るために生まれた生命保険が、人の安心を奪う——。大手や外資、かんぽ生命などの相次ぐ不祥事の背景にある、顧客軽視の販売構造と企業文化を暴く。

978-4-334-04443-5

1036
恥ずかしながら、詩歌が好きです
近現代詩を味わい、学ぶ
長山靖生

詩を口ずさみたくなるのは若者だけではない。歳を重ねたからこそ心に沁みる詩歌がある——。時代を作ってきた近現代詩歌を引きつつ、詩人たちの実人生と共にしみじみと味わう。

978-4-334-04444-2

1037
宇宙は無限か有限か
松原隆彦

宇宙は無限に続いているのか、それとも有限に途切れているのか。「果て」はあるのかないのか。現代の科学では答えの出ていない〝未解決問題〟を、最新の宇宙論の成果を交えて考察。

978-4-334-04445-9